KB121246

로크미디어가
유혹하는
재미있는 세상

ROK
MEDIA
로크미디어

천외천의 주인 17

2021년 11월 10일 초판 1쇄 인쇄
2021년 11월 15일 초판 1쇄 발행

지은이 한수오
발행인 김정수 강준규

기획 이기헌 왕소현 박경무 강민구
책임편집 오영란
마케팅지원 배진경 임혜솔 송지유 이영선

발행처 (주)로크미디어
출판등록 2003년 3월 24일
주소 서울시 마포구 성암로 330 DMC첨단산업센터 318호
Tel (02)3273-5135 **편집** 070-7863-8596 **Fax** (02)3273-5134
홈페이지 rokmedia.com **E-mail** rokmedia@empas.com

© 한수오, 2020

값 8,000원

ISBN 979-11-354-9404-8 (17권)
ISBN 979-11-354-8621-0 04810 (세트)

한수오 신무협 장편소설

17

천외천의
주인

| 기문둔갑奇門遁甲 |

차례

인자무적仁者無敵 (1)   7

인자무적仁者無敵 (2)   25

인자무적仁者無敵 (3)   45

인자무적仁者無敵 (4)   85

인자무적仁者無敵 (5)   119

인자무적仁者無敵 (6)   159

인자무적仁者無敵 (7)   179

인자무적仁者無敵 (8)   199

인자무적仁者無敵 (9)   235

인자무적仁者無敵 (10)   267

인자무적仁者無敵 (1)

서방관사는 가슴이 털컥 내려앉을 정도로 놀랐다.

설무백의 입에서 야신이라는 이름이 나올 줄은 정말 상상도 하지 못했다.

바로 그 놀람 때문이었다.

그는 자신의 전신을 억압하던 무상의 압력이 거짓말처럼 사라졌음을 뒤늦게 깨달았다.

애써 내색을 삼간 그는 비로소 참았던 숨을 몰아쉬었다.

무지막지한 압력에 겨워서 내내 숨을 참고 있었던 것이다.

불시에 받은 충격을 삭히느라 한참이나 침묵하고 있던 그는 사력을 다한 냉정함으로 무장하며 시치미를 뗐다.

"귀하는 사람을 참 난감하게 만드는 재주가 있구려. 귀하가 야신의 제자인 것이 어째서 내 안전을 보장한다는 것이오?"

설무백이 서방관사의 기만을 우습게보았다.

그는 서방관사의 부정을 부족함으로 이해한 듯, 어디까지나 여유만만하게 말했다.

"필요하다면 출생의 비밀 정도야 얼마든지 더 말해 줄 수 있지. 흑점은 원래 도적들이 시작했다는 전설을 가지고 있지. 출처를 묻지 않고 사 주는 사람들이 필요해서 즉, 밝은 하늘 아래서는 팔 수 없고, 사는 사람 또한 절대 없을 물건들을 팔기 위해서 그들 스스로가 그런 상점을 만들었다는 것이 흑점의 유래라는 것이지."

여기가지 말한 설무백이 노골적으로 빙글거리며 서방관사의 기색을 살폈다.

서방관사는 고민하고 있었다.

설무백은 흑점의 내력을 알고 있는 것 같기는 했으나, 그렇다고 선뜻 나설 수는 없었다.

흑점의 유래에 대한 전설은 어지간한 강호의 호사가들이라면 모르는 사람보다 아는 사람이 더 많았다.

설무백이 아는 것이 그게 다는 아닌 것 같다는 느낌이 들기도 하지만, 그래도 이대로 인정해 버리기에는 흑점의 율법이 너무나도 엄하고 가혹해서 침묵을 지킬 수밖에 없었다.

설무백이 그런 그의 침묵을 이해한다는 듯 혹은 전혀 다른 의미로 아직도 부족하냐는 듯 고개를 끄덕이며 다시 말했다.

"다만 그런 상점을 만들려니 절대적으로 필요한 요소가 있었어. 바로 그 모든 것을 아우를 수 있는 지략과 그 모든 것을 보호해 줄 수 있는 힘이 말이야. 흑점의 조사가 세 명인 이유가 거기에 있다고 하더군. 도적이 지략과 힘을 구한 건데, 내 사부가 말하길 당시 같이했던 힘은 흑천신(黑天神)이고, 지략은……!"

쾅!

서방관사가 더는 참지 못하고 거칠게 탁자를 치더니 설무백의 말을 끊으며 격앙된 목소리로 외쳤다.

"야신 어른에겐 이미 제자가 있소!"

"알아."

설무백은 대수롭지 않게 인정하며 말을 덧붙였다.

"근데, 제자가 하나만 있으란 법 있나? 하물며 그분은 금분세수(金盆洗手)니 뭐니 하며 은퇴하신 것이 아니라 어느 날 갑자기 실종되신 거잖아?"

서방관사가 잠시 말문이 막힌 표정이다가 이내 두 눈을 사납게 치켜뜨며 말했다.

"야신 어른은 무려 반백년도 더 지난 과거에 사라지셨는데, 귀하는 이제 고작 약관을 조금 넘긴 나이에 불과하오. 귀하가 야신 어른의 제자라는 것을 어떻게 믿을 수 있겠소."

설무백은 피식 웃으며 대꾸했다.

"바라는 것이 있는 같은데 그래? 이제야 조금 마음에 드네. 바로 그거야. 진즉에 그렇게 나왔어야지. 말해 봐. 어떻게 증명해 줄까?"

서방관사가 안색을 굳히며 자리를 털고 일어났다.

"귀하도 알다시피 우리네 무인들은 빠르고 편하며 정확한 방법을 가지고 있지 않소."

설무백은 고개를 끄덕이는 것으로 수긍하며 넌지시 말했다.

"나야 상관없지만, 여기서 조금이라도 소란이 일어나면 밖에서 대기하는 내 수하들이 물불 안 가리고 나설 텐데, 괜찮겠어? 워낙 성마른 친구들이라 흑점의 사자들이 좀 많이 다칠 수도 있거든."

서방관사가 싸늘하게 대꾸했다.

"흑점의 사자를 무시하지 마시오!"

설무백은 심드렁한 태도로 어깨를 으쓱했다.

"좋아. 무슨 일이 벌어져도 내 책임이 아니라는 것만 당신이 알고 있으면 되니까."

그리고 특유의 미온한 미소를 지은 채 손가락을 까딱였다.

"덤벼 봐."

서방관사의 얼굴이 볼썽사납게 일그러지며 안색이 썩은 돼지 간 빛으로 변했다.

설무백의 무력은 앞서 실감한 신위로 인해 익히 인정하는 바이나, 아무리 그래도 이런 식의 무시와 조롱은 정말 참기 어려웠다.

명색이 그도 강호 무림에서 굴렀다면 굴렀고, 싸울 만큼은 충분히 싸워 본 사람이었다.

고작 약관을 조금 넘은 사내의 손가락질에 놀아나야 하는 사람이 절대 아닌 것이다.

서방관사는 쓴 약을 입에 털어 넣은 사람처럼 입가를 일그러트리며 허리를 휘감은 혁대를 풀었다.

치릿-!

혁대는 보통의 혁대와 달리 허리에서 풀어짐과 동시에 낭창거리며 일어나서 한 자루 검으로 변했다.

형태는 협봉검(狹鋒劍)처럼 생겼으나, 좁은 폭의 검신(劍身)이 매미의 날개처럼 투명한 연검(軟劍)인 천섬(天閃)이라는 이름의 그의 애병(愛兵)이었다.

서방관사는 파르르 진동하는 그 천섬의 검극을 설무백에게 겨누며 내뱉듯이 말했다.

"무기를 드시오!"

설무백은 인상을 쓰며 투덜거렸다.

"뭐가 이리 예의 발라? 서로 죽이자고 싸우는 생사결이 아니라 내가 야신의 제자인지 확인하려는 거잖아. 증면은 내가 알아서 할 테니까 그쪽은 체면치레 같은 거 그만두고 그냥 덤벼서 확인이나 제대로 하지?"

서방관사가 새삼 모욕을 받은 것처럼 분노한 눈길로 설무백을 노려보며 냉정하게 말했다.

"그럼 한 수 가르침을!"

설무백의 말을 듣고 자존심이 더욱 상했는지 서방관사는 더는 망설이지 않고 분노한 기색으로 달려들며 검을 휘둘렀다.

취리릭—!

빠르고 예리했다.

공간이 갈라지는 미세한 공기의 파동이 일어나는 순간에 이미 다가온 검기가 설무백의 목을 긁고 있었다.

그러나 착각이었다.

설무백은 이미 그 자리에 있지 않았다.

서방관사의 검극이 목을 긁은 설무백은 잔상에 불과했고, 진짜 설무백은 이미 그 자리에서 우측으로 일 장가량 떨어진 곳에 서 있었다.

어떻게 움직였는지 눈에 보이지도 않을 정도로 극쾌의 신법, 야신 매요광의 무상신보였다.

"믿을 수 없다!"

서방관사가 경악과 불신에 찬 목소리로 악을 쓰며 재차 설무백에게 달려들었다.

전력을 다하는지 그의 손에서 휘둘러진 검극이 앞서보다 더 빠르게 공간을 가르며 설무백의 목을 노렸다.

설무백이 이번에는 피하지 않았다.

대신에 손을 내밀어서 방어에 나섰다.

"……!"

서방관사는 크게 당황했다.

설무백의 손길이 일반적인 대응과 아주 달랐다.

무언가 묘용을 담은 방어의 손 속으로 보이는 것이 아니라, 그저 놀란 마음에 쇄도하는 그의 검날을 막는 것처럼 보였다.

각별한 외문기공을 익힌 것일까?

그래서 그의 검 따위는 얼마든지 맨손으로도 막아 낼 수 있다고 자신하는 것일까?

'가당치 않다!'

서방관사는 찰나의 순간에 떠오른 고민을 떨쳐 내며 검극의 방향을 살짝 틀었다.

설무백을 죽이지 않으려는 배려가 아니었다.

검극을 그대로 진행시킨다면 설무백의 팔뚝을 스치며 목을 비켜 나갈 것 같았다.

한마디로 어느 것 하나도 제대로 노리지 못하는 어중간한 공격이 되어 버리는 것인데, 그럴 바에야 차라리 찌르기를 베기로 전환해서 설무백의 팔뚝을 노리는 것이다.

찰나의 임기응변, 한순간에 변화시킨 투로(鬪路)지만 완벽했다.

지금 그의 눈에는 속절없이 떨어져 나가는 설무백의 팔뚝이 선명하게 보이고 있었다.

그러나 그런 상황은 벌어지지 않았다.

서방관사의 애병인 천섬의 서슬은 설무백의 팔뚝을 잘라 낼 수 없었다.

천섬이 제아무리 명검이라도 이미 그 자리에서 사라진 물체를 베어 낼 수는 없는 것이다.

흡사 물거품을 벤 것 같았다.

서방관사가 휘두른 검은 그렇듯 설무백의 손이 움직이고 난 다음의 잔상만을 베었다.

"헉!"

서방관사는 헛손질에 중심을 잃으며 크게 당황했다.

선명한 잔상을 남길 정도로 빠르게 움직인 설무백의 손이 그 순간에 헛손질이라 더욱 크게 느껴지는 그의 칼날의 뒤를 쫓아가서 잡아 버렸다.

무상신보와 쌍벽을 이루는 야신 매요광의 절기인 공명십팔수의 한 초식이었다.

"익!"

서방관사는 자신의 검날이 설무백의 손에 잡히는 것을 보고는 사력을 다해서, 자신의 중심이 무너져서 바닥에 쓰러지는 것을 감수하면서까지 검을 지키려 했으나, 소용없었다.

설무백은 그다지 힘도 들이지 않는 것 같은 모습으로 그의 검을 낚아채 갔고, 그는 사정없이 쓰러져서 탁자까지 박살 내며 바닥에 나자빠져 버렸다.

와지끈―!

서방관사는 부서진 탁자의 잔해 속에 자빠진 채 경악과 불신에 찬 눈빛으로 설무백을 올려다보았다.

천외천의
주인

설무백은 그런 그와 빼앗은 검을 번갈아보다가 이내 혼자서 납득하며 고개를 끄덕였다.

"정말 독특하군. 이렇게 가볍고 부드러운 연검을 중검(重劍)의 방식으로 운용하는 검객은 흔치 않고, 와중에 이처럼 상승의 경지를 이룬 검객은 더욱 거의 없는데 말이야."

강호 무림에서 검을 운용하는 방식은 크게 세 가지로 나눈다.

중검과 쾌검(快劍), 환검(幻劍)이 바로 그것이다.

다만 누가 뭐라고 해도 기본이 되는 것은 중검이다.

가장 기를 싣기에 쉬우면서도 다양하게 운용할 수 있는 검법이 중검이기 때문이다.

무겁다고는 하나 빠른 속도도 담을 수 있고, 단순하다고는 하나 무수한 변화마저 가능한 것이 바로 중검인 것이다.

따라서 상식적으로 빠르기와 변화를 중시하는 연검을 가지고 굳이 중검의 방식으로 운용할 이유가 없으며, 실제로 강호 무림에는 그와 같은 검객이 거의 없었다.

그런데 서방관사는 그처럼 상식적이지 않은 방식으로 상승의 경지에 오른 검도 고수였다.

설무백은 가만히 웃는 낯으로 그런 서방관사를 내려다보며 재우쳐 말했다.

"그러니까 당신이 파천상인(破天上人)이라는 거지?"

파천상인은 연검으로 깨우친 중검의 묘리로 강호를 질타하던 전대의 거마였다.

서방관사가 곤혹스럽게 일그러진 얼굴로 발딱 일어나며 놀라움을 드러냈다.

"어, 어떻게……?"

'그것을 알았냐?'는 서방관사의 의문은 이어지지 못하고 조용히 삼켜졌다.

설무백이 빼앗은 검극의 하단을 손가락으로 가리켰기 때문이다.

거기에는 검극의 하단에는 예서로 양각된 '파천(破天)'두 글자가 선명했다.

"험험!"

서방관사는 가없는 계면쩍음으로 붉어진 얼굴을 감추려고 설무백을 외면하다가 새삼 경악과 불신에 찬 눈빛을 드러냈다.

암중에서 그를 호위한 흑점의 사자 둘이 모습을 드러낸 채로 얼음처럼 굳어져 있었다.

그들로서는 어쩔 수 없는 노릇이었다.

목에 시퍼런 서슬이 달라붙으면 누구라도 그들처럼 굳어질 수밖에 없을 테니까.

지금 두 사내가, 서방관사는 아직 모르지만, 모습을 드러낸 흑영과 백영이 그들의 목에 칼날을 대고 있었다.

그러나 서방관사의 놀랄 일은 아직 다 끝나지 않았다.

콰직-!

천막의 문이 박살 나며 두 손에 각기 다른 도끼를 쳐든 흉흉한 기색의 사내 하나가 안으로 뛰어들어 왔다.

통나무 같은 일자 몸매에 아랫배가 툭 불거져 나온 땅딸보, 무인이라기보다는 시골 농부처럼 생긴 그 사내는 바로 공야무륵이었다.

그리고 그런 공야무륵의 뒤로 펼쳐진 모습은 새삼 믿을 수 없는 광경이었다.

설무백의 일행에게 삼십여 명을 웃도는 흑점의 사자들이 일방적으로 당하고 있었던 것이다.

분명 피가 튀고 살점이 난무하는 광경이 시야에 들어오는데, 어째서 칼바람 소리는커녕 비명 하나 들리지 않은 것일까?

서방관사는 미처 그와 같은 의혹을 느끼기도 전에 다급히 말을 더듬었다.

"머, 멈춰라! 멈춰 주시오, 대, 대당가!"

쿵―!

설무백은 발을 굴렀다.

묵직한 소리가 터지며 땅이 진동하고 주변의 공기가 우렁우렁 울며 천막이 날아갈 듯 요동쳤다.

장내의 싸움은 그로 인해 멈추었다.

흑점의 서방관사인 파천상인이 밖에서 벌어지는 싸움의 소리를 듣지 못한 것은 졸지에 벌어진 일이라 너무 놀라고 당황해서가 아니었다.

설무백이 파천상인을 상대하면서 쓸데없는 소란을 막으려
고 천막의 내부와 외부를 공력으로 차단했기 때문이다.

그래서였다.

밖에서 싸움이 벌어지고 공야무륵이 천막의 문을 박살 내
며 뛰어 들어왔을 때, 파천상인만큼은 아니지만 설무백도 적
잖게 당황한 눈초리로 공야무륵을 보았다.

그리고 천막 안의 상황을 보고 안도하는 공야무륵의 태도를
보고 알았다.

공야무륵은 혹은 같이 있던 다른 누군가는 설무백이 공력으
로 차단한 천막 내부의 상황을 느꼈고, 그걸 설무백이 아니라
흑점의 의도로 오해한 것이다.

결국 설무백이 공야무륵 등의 무위를 너무 얕잡아보았기에
벌어진 소란이었다.

그들의 무위는 그동안 그가 생각하는 것보다 더 높은 경지
로 비약해 있었던 것이다.

정말 무색한 마음이었다.

설무백은 발을 굴러서 장내의 모든 이목을 당기는 것으로
소란을 끝나게 하고 나서야 공야무륵 등에게 짐짓 발끈하는
것으로 그와 같은 감정을 드러냈다.

"이게 내 의도라는 생각은 못 하나? 나를 그렇게 못 믿어?
하물며 여기 나만 있냐? 혈영 등도 그렇게 믿지 못하는 거야?"

설무백의 말마따나 그의 타박과 상관없이 이미 모습을 드러

내서 흑점의 사자 둘을 제압하고 있던 흑영과 백영이 뚱한 기색으로 공야무륵을 쳐다보고 있었다.

그뿐이 아니라, 설무백의 말에 자극을 받은 것인지 혈영이 모습을 드러내서 물끄러미 공야무륵을 쳐다보고, 설무백의 그림자에서 튀어나온 요미가 곱지 않은 눈초리로 공야무륵을 째려보았다.

멋쩍게 뒷머리를 긁적이던 공야무륵이 그들을 보고서야 서둘러 변명했다.

"혹시나 해서 나선 겁니다. 그래서 절대 죽이지는 말라고 했습니다."

공야무륵의 말은 사실이었다.

공야무륵 등이 상대한 흑점의 사자들 중에 사망자는 없었다. 또한 이는 공야무륵의 말이 사실이라는 것과 별개로 다른 한 가지 의미를 더 내포하고 있었다.

공야무륵 등의 무위는 상대인 흑점의 사자들을 얼마든지 살릴 수도, 죽일 수도 있는 경지에 올라서 있다는 의미가 바로 그것이었다.

장내의 모습을 통해서 그와 같은 상황을 인지한 설무백은 새삼 멋쩍어지는 감정을 감추며 혈영을 보았다.

혈영이 무색해진 얼굴로 애써 그의 시선을 외면하며 스르르 그 자리에서 사라졌다.

설무백은 슬쩍 시선을 요미에게 돌렸다.

요미가 혈영처럼 딴청을 부리며 슬며시 그의 그림자 속으로 스며들어서 모습을 감추었다.

그때 장내의 모습을 통해서 공야무륵의 말이 사실임을 파악하고, 이내 혈영과 요미의 귀신같은 은신술을 목도하며 절로 혀를 내두른 파천상인은 두 눈을 튀어나올 것처럼 크게 부릅뜨고 있었다.

설무백의 무심한 시선이 그런 파천상인에게 돌려졌다.

파천상인이 화들짝 놀란 듯 정신을 차리며 백팔십도 바뀐 태도로 굽실거렸다.

"어서 이쪽으로 앉으시지요, 대당가."

자리를 권하고 나서야 탁자가 박살 나 버렸다는 것을 확인한 그는 여기저기 엉거주춤 서 있는 흑점의 사자들을 훑어보며 다급히 소리쳤다.

"너희들은 지금 뭣들 하고 있는 게야? 어서 주변 치우고, 새로운 탁자 내와라! 차도 함께 내오고! 어서!"

장내가 빠르게 정리되었다.

흑점의 사자들이 허겁지겁 나서서 일부는 혼절한 동료들을 부축해서 살지고, 일부는 부서진 탁자를 치우며 천막의 내부를 정리하는 사이 새로운 탁자가 들어왔다.

"앉으시지요, 대당가."

파천상인이 자리를 권하고, 설무백이 묵묵히 자리에 앉는 사이에 흑점의 사자 하나가 차와 다과가 차려진 쟁반을 들고 들어왔다.

파천상인이 직접 쟁반을 받아서 차와 다과를 탁자에 올려놓았다. 그리고 역시나 직접 차병을 들어서 설무백의 찻잔에 차를 따라 주고는 본의 아니게 병풍처럼 서 있는 공야무륵과 대력귀 등을 조심스럽게 둘러보며 싹싹하게 물었다.

"병기는 다섯 개만 더 구하시면 되는 거죠?"

인자무적仁者無敵 (2)

제연청의 마음을 사로잡은 오초장검을 구하는 데 소요된 시간은 이래저래 한 시진을 넘겼고, 그 이후에는 본의 아니게 흑점의 사자들과 싸움까지 벌여야 했으나, 나머지 사도, 정기룡, 천살 등의 무기를 모두 구하는 데 걸린 시간은 고작 반시진도 되지 않았다.

흑점의 서방관사인 파천상인이 야시에 나온 병기들 중에서 최상급에 속하는 거의 모든 병기를 천막으로 가져와서 그들의 편의를 도왔기 때문이다.

모두가 만족했다.

그러나 한 사람은 예외였다.

풍잔으로 돌아간 설무백에게 모든 이야기를 전해 들은 제갈명이 바로 그 주인공이었다.

제갈명은 불만을 토로했다.

설무백이 중원의 암시장을 지배하는 검은 상인들의 집단인 흑점과 인연이 있다는 것과 그들과 모종의 맹약을 맺으려한다는 사실을 자신이 몰랐다는 것이 바로 그의 불만이었다.

"난감하네요. 이번 일은 분명하게 주군께서 실수하신 겁니다. 제게는 누군지도 모를 적을 대비해서 난주를 철옹성으로 만들라고 명령해 놓고 혼자서 남몰래 그런 일을 하시다요. 제아무리 거대한 둑도 바늘구멍 하나로 인해 무너질 수 있다는 격언도 모르십니까?"

"이게 그 정도로 심각한 일인가?"

"당연히 심각한 일이죠. 중심이 되는 기둥 주변에서 벌어지는 일은 그게 아무리 사소한 일이라도 중요한 일인 겁니다. 기둥을 흔들 수도 있는 일이니까요."

"이번 일이 그런 거다?"

"아니라고 생각하신다면 자만하시는 겁니다. 흑점은 대대로 중원의 암시장을 장악하고 있는 검은 상인들의 조직입니다. 황조는 바뀌어도 그들의 세는 바뀌지 않았지요. 그들의 저력은 얼마든지 풍잔이 마련한 기반과 기틀을 흔들 수 있습니다."

"그들이 왜?"

"예?"

"그들에게 풍잔의 기반과 기틀을 흔들 저력이 있다고 해도 굳이 그럴 이유가 어디에 있냐고?"

"매사가 비밀인 사람은 다른 무엇보다 자신의 실체가 드러나는 것을 극도로 싫어하는 법입니다. 주군께서 그들의 내면 중 일부를 알고 있다는 것만으로 이유는 충분하고도 남습니다."

"그게 내가 그들이 받들어 모시던 전대 점주 중 한 사람인 야신의 제자라서 그런 건데도 말이지?"

"저들의 입장에서는 그게 더 심각한 일일 수도 있습니다. 그들이 모시는 야신의 제자가 따로 있으니 말입니다."

"음."

설무백은 반박하지 못했다.

듣고 보니 수긍이 가는 얘기였다.

완전히 납득할 수 있는 것은 아니지만, 적어도 그의 사형이 되는 야신의 제자가 그의 존재를 마뜩찮게 생각할 수도 있겠다는 생각은 들었다.

최악의 경우, 그의 존재를 자신의 자리를 노리는 것으로 오해할 수도 있었다.

'이제 보니 내가 조금 섣부르게 행동한 감이 없지 않아 있기는 하군.'

설무백은 자신의 실수가 없지 않음을 깨달으며 제갈명의 얘기를 듣고 심사숙고해서 말했다.

"알았어. 네 말대로 혹시 모르니 저들의 태도를 예의 주시해서 우리 풍잔에 다른 피해가 없도록 신중하게 대처하기로 하지. 그럼 됐지?"

"아직 안 됐습니다."

제갈명이 어림도 없다는 듯이 단호하게 고개를 저으며 다른 문제를 제기했다.

"앞으로는 이번과 같은 일이 있으면 절대적으로 먼저 말씀해 주시길 바랍니다. 이건 주군의 계획이 틀어지거나 풍잔의 미래가 암울해지는 문제가 발생할 수도 있다는 걸 차치하고, 순전히 저와 주군의 신뢰에 금이 가지 않게 하기 위해서 드리는 말씀입니다."

"이런 식의 일이 자꾸 벌어지면 네가 나를 신뢰하지 못하게 된다?"

"그 정도까진 아니더라도 자꾸 의심하게 되겠지요. 혹시나 또 제가 모르는 곳에서 이번과 같은 일을 저지르고 계실지도 모른다고 말입니다."

설무백은 충분히 수긍할 수 있는 얘기라는 반응으로 묵묵히 고개를 끄덕였다.

그러다가 불쑥 말했다.

"나야 언제든지 있는 그대로 솔직하게 말할 수 있는데, 딱 하나 마음에 걸리는 게 있어."

제갈명이 고개를 갸웃하며 물었다.

"뭡니까, 그게?"

설무백은 차분한 듯 거만하게 의자에 등을 기대며 가늘어진 눈빛으로 지그시 제갈명을 바라보며 물었다.

"네가 감당할 수 있을까?"

제갈명이 무섭게 엄습하는 설무백의 말에 담긴 의미에 무지막지한 압력을 느낀 듯 절로 마른침을 삼키며 조심스럽게 반문했다.

"여태까지 제가 말해 주지 않은 일이, 그러니까 이번과 같은 크기의 일요. 그게 얼마나 되죠?"

설무백은 대수롭지 않게 두 손을 펼쳐서 하늘을 우러렀다.

"무수하지. 지금부터 얘기를 시작하면 사나흘은 족히 지셀 수 있을 정도로."

그는 정말 진지해진 눈빛으로 제갈명을 직시하며 재우쳐 물었다.

"시작해 볼까?"

제갈명이 정말 질린다는 듯 맥 빠진 표정으로 늘어져서 긴 한숨을 내쉬며 항복을 선언했다.

"알겠습니다. 사정이 그렇다면 제가 포기하지요. 방금 제가 한 말은 없던 것으로 하시고, 그저 지금처럼 제가 알고 있어야 할 일만 따로 알려 주세요."

설무백은 그럴 줄 알았다는 표정으로 심드렁하게 대답했다.

"그러지."

제갈명이 새삼 한숨을 내쉬며 자리를 털고 일어났다.

늘 그렇듯 형식적으로 보이는 인사를 끝낸 그는 터덜터덜

밖으로 나갔다.

그러다가 갑자기 생각났다는 듯 문가에 서서 돌아보며 말했다.

"아참, 깜빡했네요. 제가 개인적으로 볼일이 좀 있어서 한 보름 정도 자리를 비울 것 같습니다. 경계 강화를 위한 풍잔의 조직 개편은 이미 거의 다 끝났고, 몇 가지 자잘한 확인 작업은 무일에게 일임해 놓았으니 별 문제 없을 겁니다."

설무백은 쾌히 승낙했다.

"그래. 그간 수고했으니 좀 쉬는 것도 나쁘지 않지. 알았으니까 편히 쉬도록 해."

"예, 그럼 저는 이만……!"

제갈명이 물러갔다.

설무백은 제갈명이 닫고 나간 문을 바라보며 잠시 여유를 두었다가 불쑥 말했다.

"저 녀석 저거 왜 저렇게 소침해 있는 거야? 고작 그 정도 가지고 겁먹고 물러날 정도로 순한 녀석이 아니잖아? 난데없이 보름이나 쉬겠다는 것은 또 뭐고?"

흑점의 야시에서 막 돌아온 까닭에 지금 설무백의 방에는 대력귀를 포함한 다수의 사람들이 모여 있었다.

그들 대부분이 전혀 모르겠다는 표정으로 머쓱해하는 가운데, 대력귀가 대답했다.

"무림맹의 일 때문인 것 같네요."

설무백은 예상치 못한 답변이라 절로 고개를 갸웃거리며 물었다.

"무림맹의 무슨 일?"

대력귀가 정말 다들 모르냐는 듯 좌중을 한차례 둘러보고 나서 대답했다.

"소림의 적극적인 지지로 이번에 무림맹주로 추대된 무당파의 최고원로 화운자께서 제갈세가(諸葛世家)의 당대 가주인 천애유사(天愛儒士) 제갈현도(諸葛賢濤)를 무림맹의 군사로 선임했다고 하네요."

"그래?"

설무백은 못내 수긍하는 표정으로 가만히 고개를 끄덕거렸다.

좌중의 모두도 그와 같은 기색을 드러내고 있었다.

"가 보려는 걸까?"

"상황적으로는 그런 것 같네요."

"혼자서?"

"아마도요."

대력귀의 대답을 들은 설무백은 쓰게 입맛을 다셨다. 그리고 이내 명령했다.

"혹시 모르니 사도와 흑영이 따라가 봐. 절대 다치게 하지 말고, 여차하면 적당히 체면도 좀 세워 주고."

설무백의 방을 벗어난 제갈명은 곧바로 자신의 거처로 돌아가서 짐을 꾸렸다.

두 개의 끈을 어깨에 둘러서 등에 맬 수 있는 작은 봇짐이었다.

확실하지 않은 일정이라 필요한 도구를 다 챙기면 봇짐이 너무 커지는 까닭에 나름 최대한 줄인 것이다.

그리고 마지막으로 챙긴 것은 부채, 산수화가 그려진 접선(摺扇)이었는데, 부챗살이 검고 그려진 그림도 진한 수묵화로 전체적으로 어두운 빛깔인 흑선(黑扇)이었다.

"기억이나 할지 모르겠지만……."

흑선의 그림을 보며 피식 웃은 제갈명은 이내 흑선을 접어서 허리에 꽂으며 방 안을 밝히던 등불을 끄고 방을 나섰다.

날이 밝으면 떠날까도 생각했지만, 아무래도 지금이 나았다.

어차피 그의 부제가 대번에 알려질 것은 지금과 별반 차이가 없는 데 반해, 혹시라도 그사이에 생각이 바뀔 수도 있다는 마음이 들어서 못내 거북했다.

쇠뿔도 단김에 빼라고 했다.

일단 마음을 정한 이상, 죽이 되든 밥이 되든 망설이지 말고 즉시 행동으로 옮기는 것이 좋았다.

적어도 그것이 중도에 포기해서 내내 똥 누고 밑을 닦지 않은 사람처럼 찝찝하게 살아가는 것보다는 백 배 나을 터였다.

제갈명은 내심 그렇게 마음을 다잡고 나서자 발걸음이 한결 가벼워졌다.

나름 여유도 생겨서 평소와 달리 의식하던 경계의 시선도 넉넉하게 무시할 수 있었다.

따지고 보면 풍잔의 영내에서 그가 그리 경계의 시선을 의식할 필요는 없었다.

그저 도둑이 제 발 저리는 식이었을 뿐이다.

따라서 실제로 그에게 말을 건 사람은 지난날 천사교의 야습 이후에 그가 새롭게 편성한 정문 경계조의 조장인 광풍십삼랑 토웅이었다.

"이 시간에 어디를 가세요?"

"주지육림(酒池肉林)에 빠져서 황음무도(荒淫無道)한 시간을 보내려고 나가는 거야. 이 시간에 가야 임자를 못 만난 기녀들이 홀딱 벗고 덤벼들거든. 흐흐흐……! 적어도 보름은 못 볼 테니, 그리 알고 있어."

제갈명은 문까지 열어 주며 배웅하는 토웅에게 질펀한 농을 섞어서 대답해 주었다.

토웅은 전혀 믿는 눈치가 아니었으나, 굳이 말꼬리를 잡지 않았다.

제갈명은 왠지 그게 마음에 들지 않아서 발길을 멈추고 돌아서서 괜한 시비를 걸었다.

"뭐야? 무슨 표정이 그래?"

토옹이 멋쩍게 웃었다.

"주지육림은 몰라도 황음무도는 어째 문상하고는 좀 어울리지가 않아서……."

"어울리지 않긴 뭐가 어울리지 않아? 나 이래 봬도 예전에 잘나가던 한량이었어!"

제갈명은 정말 이유도 모르게 괜한 심술이 나서 오만상을 찡그리며 악을 썼다.

토옹이 찔끔하는 표정이더니, 서둘러 굽실굽실 인사하며 대문을 닫았다.

"예예, 다녀오세요."

제갈명은 닫힌 문을 바라보며 씩 웃었다.

왠지 모를 우월감이 절로 그의 어깨를 으쓱이게 만들어 주고 있었다.

"까불고 있어."

제갈명은 주변에 아무도 없는 것을 알면서도 보란 듯이 어깨를 털며 돌아섰다.

'내가 이런 사람이야'라는 치기를 채운 그는 흐뭇해진 마음으로 발걸음을 재촉했다.

그때부터 그의 발길은 거칠 것이 없었다.

처음에는 오랜만에 난주를 떠나는 길이라 못내 불안한 마음이 있기는 했으나, 이내 그마저 거짓말처럼 사그라졌다.

과거의 그와 지금의 그가 가진 차이가 그를 그렇게 만들어 주었다.

가지고 있는데 사용하지 않는 것과 없어서 사용하지 못하는 것의 차이는 실로 막대하다.

지금의 그가 그런 차이를 느끼고 있었다.

과거의 그는 사용할 수 있는 힘이 없는 혼자였으나, 지금의 그는 마음만 먹으면 얼마든지 사용할 수 있는 힘을 가지고 있는 혼자인 것이다.

그러나 제갈명은 사실이 그렇다고 해서 마음이 해이해지지는 않았다.

난주를 벗어난 그는 애초의 마음가짐 그대로 목적지와 다른 방향인 북쪽으로 이동했고, 한참을 그렇게 가다가 이번에는 동쪽으로 방향을 바꾸어서 또 그렇게 한참을 이동하다 섬서성과 산서성을 거쳐 하남성으로 넘어갔다.

중도에 말을 구해서 달렸음에도 장장 엿새나 거린 장도였다.

당연하게도 자신의 흔적을 감추기 위한 노력이었다.

이번 일은 지극히 개인적인 일인 이상, 어떤 식으로든 풍잔이 개입하는 것을 원치 않았기 때문이다.

물론 그와 같은 그의 노력은 물거품과 다름없는 헛된 수고였지만 말이다.

"갈 길은 따로 두고 왜 저런 수고를 하는 것 같아?"

"갈 길이 따로 있다는 것을 감추기 위해서 저런 수고를 하는 거겠지."

"누구에게?"

"몰라서 그래?"

"우리를, 아니, 우리인지는 모르겠지만, 아무튼 풍잔을 따돌리려 한다는 거지?"

"당연하지."

"왜?"

"그야 나도 모르지."

"설마 딴 마음을 먹은 것은 아니겠지?"

"두고 봐야겠지만, 그건 아닐 걸 아마?"

"어째서?"

"주군께서 그랬잖아. 여차하면 체면 좀 세워 주라고."

"솔직히 나는 주군께서 그런 말을 해서 더 불안하다. 혹시 딴 마음을 먹더라도 적당히 봐주라는 건가 싶어서"

"……일단 지켜보자."

"지금이야 그 수밖에는……!"

"방향을 바꾼다!"

"쉿! 목소리가 너무 커!"

보이지 않는 곳에서 제갈명의 뒤를 따르며 낮은 속삭임을 주고받던 두 사람, 사도와 흑영은 재빨리 숨을 죽였다.

보다 더 은밀한 암중으로 기척을 감춘 그들의 두 눈이 예리한 빛을 발하고 있었다.

제갈명의 발길이 마침내 그들이 예상하고 있던 목적지를 향해서 돌려졌기 때문이다.

⚜

제갈명은 관도의 이정표를 통해서 자신이 하남성 북부의 자리한 남양부(南陽府)의 외곽을 지나고 있다는 사실을 확인하자 즉시 남쪽으로 방향을 틀었다.

이 정도면 충분했다.

조금 더 진행했다가는 대별산을 목전에 두게 되어 있었다.

그건 좋지 않았다.

비록 북련이 해체되었다고는 하나, 대별산은 엄연히 북련의 총단이 자리했던 지역과 가까워서 위험했다.

'요즘처럼 어지러운 시기에 여기까지 사소한 시비 하나 없이 왔다는 것도 행운이니⋯⋯!'

요즘과 다르던 과거에도 이 정도 거리를 무사히 이동하는 것은 쉬운 일이 아니었다.

적어도 그는 그랬다.

만약 과거의 그였다면 시비에 휘말렸어도 서너 번은 더 휘말렸을 것이다.

그럴 수밖에 없는 것이, 과거의 그는 매사를 만족하지 못하고 적개심에 가득차서 주변의 모두를 삐딱하게 바라보며 적이라고 생각해서인지 하루에도 몇 번이나 시시비비를 가릴 일이 생겼다.

여우라는, 바로 비취호리라는 별호가 그때 생겨났다.

세상의 시비는 머리로만 해결할 수 없는 것이 허다하기에 하루가 멀다하게 깨지고 터치며 지내다가 어떻게든 깨지지 않고 터지지 않으려고 사력을 다해서 머리를 굴리다 보니, 자신도 모르는 사이에 이름 앞에 그런 별호가 붙어 있었다.

그러나 지금의 그는 과거의 그때와 달랐다.

주변의 모두를 삐딱한 시선으로 바라보는 그의 적개심은 여전했다.

다만 지금의 그는 시시비비를 가리기에 앞서 타협을 먼저 생각하는 사람으로 변해 있었다.

어린 시절 왜 당하는지도 모르고 당한 차별과 멸시가 나중에 알고 보니 자신이 사생아였기 때문이었다는 사실로 인해 그가 가슴에 품고 살던 분노와 증오가 이제는 사라지고 없기 때문이다.

천형(天刑)처럼 견고하게 그의 가슴을 장악하고 있던 분노와 증오가 사그라진 이유는 의외로 간단했다.

넓은 세상을 발견해서였다.

아니, 세상이 그가 상상하던 것보다 더 넓은 것인지도 모른다.

세상은 사생아로 태어나서 받은 멸시와 차별에 분노하고 증오하며 세상의 모든 것을 삐딱하게 바라보는 그 자신의 태도가 옹졸하다 못해 가소롭게 보일 정도로 넓었다.

우습지 않게도 그는 그것을 우연 같은 필연으로 인연을 맺은 설무백을 통해서 깨닫게 되었다.

설무백을 보면, 정확히는 설무백이 만들어 가는 세상을 보고 있으면 그는 한없이 작아지는 자신을 느낄 수 있었다.

그리고 그것이 역으로 그에게 세상이 얼마나 넓은지를 깨닫게 해 주었다.

모르긴 해도, 무려 세 개의 도성을 거치며 수천 리 길을 이동하면서도 그 어떤 시비에 휘말리지 않은 것은 바로 그와 같은 그의 변화 때문일 터였다.

개 눈에는 똥만 보이고, 부처 눈에는 부처만 보인다는 격으로, 지금의 그에게는 과거의 그와 달리 시시비비를 가릴 일이 전혀 보이지 않았다.

제갈명은 그렇듯 이틀이나 더 무탈하게 말을 달려서 호북성의 성 경계를 넘었고, 마침내 목적지에 도착할 수 있었다.

호북성의 북부의 명산인 융중산(隆中山)을 등지고 자리한 양양부(襄陽府)의 터줏대감으로 알려진 무림 팔대 세가의 하나,

제갈세가의 장원이 바로 그곳이었다.

그랬다.

대력귀의 예측이 옳았다.

제갈명의 이번 강호행은 무림맹의 맹주로 추대된 무당파의 화운자가 제갈세가의 현 가주인 천애유사 제갈현도를 무림맹의 군사로 선임하는 바람에 이루어졌던 것이다.

"음."

제갈세가의 장원을 눈앞에 둔 제갈명은 감회에 젖은 눈빛으로 천천히 주변을 둘러보았다.

무림 팔대 세가의 하나인 제갈세가는 호사가들이 흔히들 신기제갈(神機諸葛)이라고 부를 만큼 대대로 두뇌가 총명한 인재는 많이 배출하는 가문이지만, 그다지 무학(武學)의 자질(資質)은 타고나지 않는지 무림 세가라는 말이 무색할 정도로 뛰어난 무인을 배출하지는 못했다.

물론 뛰어난 무인이라는 기준이 무림 팔대 세가에 속한 무가들과 비교해서 그런 것이지, 여타 다른 무가들과 비교하면 절대 그렇지가 않았다.

요컨대 대천와선공(大天渦扇功)과 소천와선공(小天渦扇功)으로 대변되는 제갈세가의 선법(扇法)은 독보적인 무림 일절이며, 암기술(暗器術)은 사천당문 다음이라는 소리를 듣고 있었다.

그러나 제갈세가가 무림 팔대 세가의 하나인 것은 다른 무엇보다도 기문진법(奇門陣法)과 토목기관지술(土木機關之術)이 타의 추종을 불허할 정도로 뛰어나기 때문이고, 그것은 그 방면의 눈을 가진 사람이라면 제갈세가의 장원만 살펴보아도 쉽게 알 수 있는 일이었다.

지금 제갈명은 참으로 오랜만에 그것을 살펴보고 있었다.

"대간맥(大幹脈)이 층층절절(層層節節)하고, 전환굴곡(轉換屈曲)하면서……(중략)……천병만마(千兵萬馬)가 하늘에서 내려오는……(중략)……좌청룡 우백호가 여러 겹으로 첩첩 두르고……(중략)…… 이런 대국(大局)에는 군왕지지(君王之地)와 같은 대지(大地)가 형성되니, 이를 가리켜 하늘이 지어 주고 땅이 설치하여 주는 천조지설(天造地設)의 명당이라 하느니라."

천문지리(天文地理)와 풍수지리(風水地理)로 드러난 제갈세가의 장원을 한바탕 읊은 제갈명의 눈시울은 붉게 달아오른 채 그렁그렁 눈물이 맺혀 있었다.

"니미, 개 풀 뜯어 먹는 소리하고 자빠졌네!"

실로 제갈세가의 기문진법과 토목기관지술의 계보를 이었다면 얼마든지 보다 더 발전시킬 자신이 있었다.

억울하게 무시당하며 분하게 외면당하지만 않았다면 말이다.

바로 그와 같은 과거의 아픔을 한마디 욕설로 씹어뱉어 버린 제갈명은 한결 홀가분해진 마음으로 발걸음을 내딛었다.

그리고 이내 높고 길게 좌우로 뻗어 나간 담장의 중앙, 양쪽에 거대한 사자석상(獅子石像)을 세워 둔 채 큰 전각군을 하나로 가두고 있는 제갈세가의 대문을 두드렸다.

"뉘시오?"

반응은 그리 늦지 않았다.

제갈명이 대를 이어서 부귀를 누린 집안답게 높이 이 장, 너비 삼 장에 이르는 대문 문미를 따라 횡으로 길게 걸린 거대한 현판을 한차례 훑어보는 사이에 대문이 삐걱 열리며 초로의 노인 하나가 얼굴을 내밀고 있었다.

다행스러우면서 거북하게도, 노인은 제갈명을 알아보았다.

"삼 공자님?"

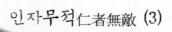

인자무적仁者無敵 (3)

노인이 제갈명을 기억하고 있는 것처럼 제갈명도 노인을 기억하고 있었다.

노인은 제갈세가의 오랜 노복인 채(蔡) 노인이었다.

모질고 각박하던 제갈명의 어린 시절 속에서 채 노인은 몇 안 되는 지지자 중 하나였던 까닭에 결코 잊을 수가 없었다.

"잘 지냈어요?"

"어이구, 쇤네야 뭐 늘 그렇죠. 쇤네보다 삼 공자님은 그동안 어떻게 지내셨습니까? 별 탈 없이 잘 지내신 거죠?"

"나야말로 늘 그렇죠. 이렇게 멀쩡하잖아요."

"겉이야 그래도 속은 모르죠. 삼 공자님이야 예전부터 겉보다 속을 더 많이 다치시는 분 아닙니까."

아프게 느껴질 정도로 뼈있는 말이었다.

제갈명은 덕분에 채 노인의 성정이 예나 지금이나 한결 같다는 것을 알 수 있었다.

"내가 그랬나요?"

"아닙니다, 삼 공자님. 쇤네가 괜한 말을……."

"그래. 괜한 말 말고, 그 삼자나 빼. 그러다 또 경을 치려고 그래?"

제갈세가에서 제갈명은 삼 공자지만, 정작 그를 삼 공자라고 부르는 사람은 거의 없었다.

제갈세가의 혈족들 중에는 사생아를 삼 공자라 부르는 것을 싫어하는 사람들이 너무 많기 때문이다.

채 노인이 계면쩍은 얼굴로 웃으며 말문을 돌렸다.

"그보다 아가씨를 만나러 오신 거죠?"

제갈명은 못내 써지는 입맛을 다셨다.

실로 반갑게 그를 맞이하면서도 길을 내주며 안으로 들라는 소리는 못하고 문전에 세워 둔 채, 용무를 물어보는 채 노인의 태도를 이해할 수 있어서 그랬다.

엄연히 제갈세가의 핏줄이지만 타인에 가까운 아니, 타인보다 못한 대우를 받으며 살던 과거의 기억이 절로 그의 뇌리에 떠올랐다.

예전의 그라면 이런 경우 짜증부터 났을 테지만, 지금의 그는 달랐다.

그저 마음이 씁쓸할 뿐이었다.

"당연하죠. 제가 이 집안에 그 녀석 말고 다른 용무가 또 뭐가 있겠어요."

제갈명은 애써 내색을 감가고 대답하며 아무렇지도 않게 채 노인의 곁을 스쳐서 대문 안으로 들어갔다.

"안에 있죠? 거처는 여전히 후원 별채인가요?"

"어……?"

채 노인이 크게 당황한 모습으로 황급히 따라붙어서 그의 소매를 잡으며 말을 더듬었다.

"저, 저기 삼 공자님! 아가씨는……!"

제갈명은 발걸음을 멈추었다.

채 노인이 소매를 잡아서가 아니었다.

대문의 안쪽 마당 저편에서 일단의 무리가 다가오고 있었기 때문이다.

보다 정확히는 그 무리의 선두에 낯익은 얼굴들이 포함되어 있었기 때문이다.

명문가의 자식답게 하나같이 영준한 얼굴 아래 하얀 비단 복색으로 화려하게 차려입은 채로, 저마다 손에는 제갈세가의 상징이랄 수 있는 하얀 부채, 백선(白扇)를 쥐고 있는 두 명의 사내였다.

비슷한 체격에 단정한 모습이고, 두 사내 다 머리에는 영웅건을 둘렀으며, 허리에는 옥대를, 그 옥대에는 보석으로 장식

된 한 자루 패검(佩劍)을 차고 있어서 흡사 쌍둥이처럼 보이지만, 쌍둥이는 아니었다.

한 사내는 얇은 입술에 약간 높은 콧대 때문인지 자존심이 강해 보이고, 다른 사내는 전체적인 이목구비와 상관없이 두 눈매가 가파르게 치켜 올라가 매우 사납게 보여서 묘하게 같으면서도 다른 느낌을 주는 인상의 소유자들이었다.

제갈명은 첫눈에 그들을 알아보았다.

분명 세월이라고 부를 수 있는 시간 속에 두 사람 다 많이 변한 얼굴이지만, 그는 바로 기억할 수 있었다.

제갈세가의 이 공자와 사 공자 즉, 현 제갈세가의 현 가주인 천애유사 제갈현도의 장남이자 소가주인 제갈허탁(諸葛虛託)의 둘째 아들 제갈균(諸葛勻)과 넷째 아들 제갈근(諸葛瑾)이었다.

즉, 제갈명의 입장에서 보면 백부(伯父)의 아들들로, 지난날 가장 치열하게 그를 괴롭히던 사촌 형제들이 나타난 것이다.

그런데 제갈탄과 제갈근도 마찬가지로 십 년의 세월이 무색하게 첫눈에 제갈명을 알아보았다.

"이게 누구야? 너 명이 아니냐?"

제갈균이 먼저 알은척하자, 제갈근도 뒤질세라 반색하며 나섰다.

"어라? 정말이네. 어째 낯이 익다했더니만, 그 옛날 골방 명이였어."

제갈명은 이미 각오는 하고 왔으나, 막상 보기 싫은 낯짝들을 마주하니 절로 속이 메스꺼웠다.

그러나 지금의 그는 과거와 달리 그 정도는 능히 참고 억누를 수 있을 정도로 단련되어 있었다.

"오랜만이오, 형님."

제갈명은 천연덕스럽게 제갈균을 향해 공수하고 나서 제갈근을 향해 짐짓 사나운 눈총을 주었다.

"개차반 같은 말버릇은 여전하구나. 내가 너보다 나이 많은 형이라고 그렇게나 알려 주었는데, 그새 또 잊은 거냐?"

제갈근이 제갈명의 의연함에 놀란 듯 묘하다는 눈치로 바라보며 비아냥거림의 강도를 높였다.

"당최 누가 뭘 잊었다는 건지 모르겠네? 명이 너야말로 그거 박박 우기다가 내게 쥐어 터져서 코뼈가 주저앉은 채로 엉엉 울던 거 그사이에 잊었어?"

"그래, 그런 일도 있었지. 기억나네."

제갈명은 이제야 기억났다는 듯 고개를 끄덕이며 의미심장한 눈빛으로 제갈근을 쳐다보았다.

제갈근이 옛날 버릇을 아직도 못 고친 듯 뒷골목 건달처럼 두 손을 깍지 끼고 고개를 좌우로 흔들어서 으드득 소리를 내며 겁을 주었다.

"눈빛 더럽네? 예전처럼? 한동안 세상 물 좀 먹고 나니 겁을 상실했나 봐?"

제갈명은 다가서는 제갈근을 바라보며 피식 웃었다.

곁에 있는 채 노인이 과거처럼 제발 참으라는 듯 남몰래 그의 소매를 잡아당겼다.

그는 은연중에 괜찮다고, 안심하라고 채 노인의 손등을 두드려 주며 태연하게 대꾸했다.

"너 정말 잊었구나? 네게 두들겨 맞아서 코뼈가 주저앉고 늑골이 부러져 나갔어도 내가 너를 두려워한 적은 한 번도 없었는데, 정말 기억 안 나나?"

"이 새끼가 정말……!"

제갈근이 더는 못 참겠는지 발끈하며 앞으로 나섰다.

제갈균이 재빨리 손을 내밀어서 제갈근의 어깨를 잡았다.

"형!"

제갈근이 분한 기색으로 제갈균을 돌아보았다.

제갈균이 사나운 눈빛으로 그런 제갈근을 제압하며 언성을 높였다.

"애냐? 정말로 아직도 그 버릇 못 고친 거야?"

제갈근이 마지못한 기색으로 물러났다.

제갈균이 그제야 제갈명에게 시선을 주며 빙그레 웃었다.

"이쪽을 향해서는 오줌도 안 쌀 네 녀석이 여기 올 이유는 누이동생 향(響)이밖에 없지. 안 그러냐?"

제갈명은 대답에 앞서 삐딱하게 제갈균을 바라보았다.

콧대 높은 자존심은 여전해 보였으나, 과거의 그때처럼 자신과 다른 사람을 멸시하는 눈빛으로 보이지 않았다.

당시에는 미칠 정도로 힘들고 괴로워하던 그도 세월이 흐르면서, 그리고 새로운 세상과 마주하면서 모든 것이 둔감해지고, 희미해지고, 잊히는 중이다.

그러니 세월이 약이라고 하지 않은가.

그런 것처럼 당시 그리도 독하고 잔인하던 이자의 마음도 세월의 도움으로 변한 것인지도 모른다.

그도 이렇게 변했는데, 이자라고 변하지 말라는 법은 없지 않은가.

'하긴, 그때는 어리기도 했지.'

제갈명은 분명 그런 생각을 하면서 그래도 마음을 풀지는 않았다.

그런 마음과 반대로 사람은 절대 고쳐 쓰는 법이 아니라는 생각도 그의 뇌리에 떠오른 까닭이었다.

이윽고, 마음을 다잡은 그는 냉정하게 말했다.

"오늘은 그냥 얼굴만 보고 돌아갈 생각으로 온 것이 아니요. 향이를 데리고 갈 작정으로 온 거요."

물러난 제갈근이 발끈했다.

"미친놈, 지랄하고 자빠졌네! 감히 어디서 누가 누굴 데려간다고……!"

"근이 너 정말 조용히 못 하겠냐?"

"끙!"

제갈균의 준엄한 일갈에 찔끔한 제갈근이 댓 발이나 나온 입술을 삐죽일망정 다시금 뒤로 물러났다.

제갈균이 사뭇 매서운 눈빛을 건네는 것으로 물러난 제갈근을 한 번 더 단속하고 나서야 제갈명에게 다시 시선을 주며 말했다.

"네 말은 그저 바람일 뿐, 할아버님을 제외한 그 누구도 결정할 수 없는 일이니, 굳이 다른 쓸데없이 다른 말은 하지 않으마. 향이는 지금 가내에 없다. 지다원(智多園)의 일원으로 아버님과 함께 할아버님을 돕기 위해서 무림맹으로 갔으니, 그 아이를 만나려거든 무림맹으로 가 보거라."

제갈명은 머리를 한 방 맞은 것처럼 잠시 멍해졌다.

지다원은 강호 무림에 신기제갈이라 불릴 정도로 뛰어난 두뇌를 자랑하는 제갈세가에서도 가장 명석한 이들만으로 구성한 두뇌 집단이다.

가주의 책략을 돕는 두뇌 집단이라는 특성상 가문의 자존심과 체면 때문이라도 확실한 혈통이 아니면 절대 들어갈 수 없는 그 지다원에 누이동생인 제갈향(諸葛響)이 들어갔다니, 정말 믿기지가 않았다.

그러나 이건 거짓일리 없었다.

자존심 강한 제갈균이 이런 것으로 그를 속일 이유란 그 어디에도 존재하지 않았다.

하물며 그의 소매를 잡고 있는 채 노인이 바로 그렇다는 듯 고개를 끄덕이고 있었다.

이제 보니 앞서 채 노인이 그의 소매를 당기며 하려던 말이 바로 이거였던 것이다.

"알았소. 그리고 고맙소."

제갈명은 이내 마음을 추스르며 제갈균에게 마음에도 없는 감사를 표하고 나서 마음에 있는 진심을 드러내며 돌아섰다.

"언제고 기회가 되더라도 절대 다시 만나지 맙시다!"

제갈근이 도끼눈을 떴다.

제갈명은 돌아서기 전에 그 모습을 확인했으나, 아무렇지도 않게 무시하며 발걸음을 옮겼다.

지금의 그에게 제갈근 따위는 얼마든지 상대할 수 있는 책상물림으로 밖에는 보이지 않았다.

비취호리라 불릴 때부터 그는 이미 제갈근 따위는 안중에 없었는데, 지금은 오죽하겠는가.

그간 내색을 삼갔을 뿐, 풍잔에서 알게 모르게 설무백과 주변 동료들의 도움으로 주워 배운 그의 무공은 벌써 강호 일류 고수의 반열에 올라선 지 오래였다.

지금 그의 눈에는 제갈 형제들은 둘째 치고, 그 뒤에 시립해 있는 제갈세가의 호위 무사들조차 가소롭게 보였다.

그런 상황을 전혀 알 도리가 없는 제갈근이 대문을 벗어나는 순간까지도 제갈명을 잡아먹을 듯 노려보고 있다가 이내 제갈균에게 시선을 주며 불반을 토로했다.

"대체 무슨 생각이십니까, 형님? 지금 우리가 무림맹으로 가는 중이잖습니까? 데려갈 것이 아니라면 여기서 호되게 내치는 것이 낫지, 왜 저 자식을 저리 보내는 겁니까?"

제갈균이 싱긋 웃으며 반문했다.

"저 녀석과 함께 가고 싶냐?"

제갈근이 펄쩍 뛰었다.

"그게 아니니까 드리는 말씀이지요!"

"우리와 함께 가면 그 녀석도 제갈세가의 일원으로서 무림맹의 대우를 받을 게 아니냐. 내가 어찌 그런 꼴을 볼 수 있겠느냐."

"바로 제 말이……!"

"저 녀석을 저리 먼저 보내는 것은 저 녀석에게 자신과 우리의 차이를 절실하게 느끼게 해 주려는 거다. 저 녀석 자존심에 자기가 제갈세가의 핏줄이라는 것을 드러내지는 않을 텐데, 그럼 과연 무림맹에서 저런 뜨내기를 곱게 받아 줄 리 없지 않느냐."

"아……!"

제갈근이 이제야 깨달았다는 듯 실로 감탄과 존경의 눈빛으로 제갈균을 바라보며 호들갑을 떨었다.

"아, 과연 그렇군요! 역시 형님이십니다! 저는 그것도 모르고……!"

"알았으면 됐으니 그만두고……."

제갈균이 말을 자르고 앞장서 걸으며 덧붙였다.

"어디 기루라도 가서 한 이틀 느긋하게 시간이나 때우자. 쓸 만한 기루 알고 있지?"

"여부가 있겠습니까. 저만 따라오십시오, 형님."

제갈근이 그거야 두말하면 잔소리라는 듯 대답하며 재빨리 제갈균의 앞으로 나섰다.

시종일관 침묵한 채 장승처럼 서 있던 십여 명의 호위 무사들이 묵묵히 그들의 뒤를 따라갔다.

그들이 사라지고 서너 호흡이 지난 다음이었다.

조금 전 그들이 서 있던 자리에서 조금 떨어진 담장 가의 방풍목(防風木) 사이에 은신해 있던 두 사람, 사도와 흑영이 실소를 흘렸다.

"별 새끼가 다 있군."

"무시하자."

"저놈들은 처리 안 하고?"

"직접 위해를 가하려는 건 아니잖아."

"그래도 돌려 까기인데, 제갈 형에게 알리기라도 해야 하지 않나?"

"아니, 그것도 관두자. 여기까지 왔으니 우리가 드러나는 건 상관없지만, 제갈 형 성질에 자존심만 상해할 거다."

"하긴……."

"가자."

"그러자."

잠시 서로 마주보며 고개를 끄덕인 사도와 흑영의 신형이 한순간 귀신처럼 홀연히 그 자리에서 사라졌다.

무림맹의 총단는 하남성의 성도 정주부(鄭州府)에 있었다.

이는 소림사가 무림맹주를 무당파에 양보하자, 무당파가 대가성으로 소림사의 영향력이 지대한 정주부를 선택한 것이라는 소문이 돌았으나, 그건 어디까지나 호사가들의 말장난에 불과할 뿐이고 실제는 전혀 그렇지가 않았다.

정주부는 황하(黃河)를 벗하며 좌로는 과거 주(周)나라의 수도가 된 이래로 줄줄이 아홉 왕조가 도읍을 정한 까닭에 구조고도(九朝古都)이라 불리는 낙양(洛陽)을 두고, 우로는 중원의 육대고도(六大古都) 중 하나이며 천하의 요회(要會)라 일컫는 개봉(開封)을 지척에 두어서 천하경략(天下經略)에 더 없이 유리하다는 것이 당대의 지낭(智囊)로 손꼽히는 명유(名儒)의 판단이었다.

제갈명은 제갈세가의 장원이 자리한 양양부를 벗어난 지 불과 이틀 만에 그곳, 정주부로 입성할 수 있었다.

다른 여타 지역에 비해 잘 다듬어진 하남성의 관도가 도움을 주었고, 이번에도 역시 그는 재수가 좋았는지 단 한 번의 시비와 얽히지 않고 말을 달릴 수 있었기에 가능한 일이었다.

그러나 막상 정주부에 도착하자 제갈명은 생각이 많아져서 머리가 복잡했다.

그럴 수밖에 없는 것이, 상대는 누가 뭐래고 해도 강호 무림의 무력이 대부분 집결한 무림맹이었다.

무림맹이라는 이름이 주는 압박감은 제아무리 희대의 강심장을 자부하는 제갈명으로서도 어쩔 수 없었다.

제갈세가에서 아무렇지도 않다는 듯 제갈 형제들을 등지고 돌아선 것은 못내 울컥 치솟은 자존심이 없지 않아 있었다.

누이동생 제갈향이 지낭원의 일원으로 가주를 따라 무림맹으로 갔다는 사실을 알려 준 제갈균의 의도가 너무나도 뻔히 눈에 보여서 그는 보란 듯이 그대로 자리를 박차고 나왔던 것이다.

"억지로라도 두 눈 딱 감고 그냥 진드기처럼 달라붙어서 같이 올 것을 그랬나?"

제갈명은 저 멀리 무림맹의 총단에 시야에 들어오자 하다못해 그런 아쉬움까지 들고 있었다.

그렇다.

그는 순순히 그의 누이동생인 제갈향의 거처를 알려 주며 보내준 제갈균의 의도뿐만이 아니라 당시 제갈균과 제갈근이 무림맹으로 가기 위해서 나선 것이라는 사실도 익히 파악하고 있었다.

물론 그저 해 보는 생각이었다.

백 번을 다시 생각해 봐도 죽으면 죽었지, 절대 그럴 수는 없었다.

다른 사람에겐 다 굽혀도 그들에게만큼은 절대 굽히고 싶지 않았다.

사람은 누구에게나 다 평생을 가도 변할 리 없는 아니, 변하고 싶지 않은 자신만의 생각과 고집이 있는 법이다.

그들에 대한 그의 생각이 그런 것이었다.

그들에게 굽힌다는 것은 스스로 자신의 가치와 품위를 내팽겨 치는 것이라고 그는 생각하고 있었다.

따라서 죽이 되든 밥이 되든 이번 일은 그가 혼자서 해결해야 하는 것이 맞는데, 난감한 것은 난감한 것이고, 어려운 것은 어려운 것이라 절로 한숨이 나오는 건 그도 어쩔 수 없는 일이었다.

그러나 이미 내친걸음이었다.

하물며 그에게는 애초부터 작심한 계획도 있었다.

복잡한 일일수록 모든 기만을 배제한 정공법이 답이라는 것은 고금의 진리다.

'진리에 목매다가 죽은 사람이 어디 한둘이겠느냐만……!'

제갈명은 마음을 다잡고 나섰다.

정주부의 북문 밖으로 나서서 동쪽으로 이어진 관도를 따라 서너 리가량 떨어진 장소였다.

저 멀리 북쪽으로 아득하게 태항산맥(太行山脈)에 걸친 운대산(雲坮山)의 능선이 보이고, 거칠게 넘실거리는 황색 물결을 벗한 채 드넓게 펼쳐진 황색 고원을 배경으로 자리 잡은 거대한 장원이었다.

정주부에서 아무개라고 하면 누구나 다 아는 거부의 장원이었으나, 무림맹이 거금을 들여서 사들여서 총단으로 꾸몄다고 했다.

얼핏 봐도 양양에 있는 제갈세가의 장원이 일개 사합원 주택처럼 작게 느껴질 정도로 엄청난 규모의 전각군이 성곽처럼 높은 담장 안에 웅크리고 있었다.

경계 또한 그와 같은 규모에 어울렸다.

지금 무림맹의 총단은 활짝 열어 놓은 대문을 통해서 수많은 통행이 이루어지고 있어서 매우 복잡했다.

정오가 지나서 다들 한가할 무렵임에도 불구하고 들어가고 나오는 우마차가 한둘이 아니었고, 그와 별게로 지게를 진 사내들도 줄지어 들락거리고 있어서 새벽 시장터를 방불케 하는 모습이었다.

무림맹이 결성되고 나서 이곳 장원을 총단으로 정한 시기가 불과 한 달 남짓이니 아직도 준비할 것이 남았다는 방증일 것이다.

제갈명은 못내 그 복잡하고 어수선함에 편승해서 안으로 들어갈 수 있을까 하는 기대도 했으나, 가당치 않은 일이었다.

대문의 양쪽에 세워진 거대한 황금기린상(黃金麒麟像)곁에 도열한 채 시종일관 꼼짝도 하지 않던 무림맹의 경계 무사들 중

하나가 사람들 속에 섞여서 다가서는 그를 정확하게 손으로 가리켰다.

"거기, 당신. 잠시 이쪽으로 와 주시겠소?"

제갈명은 손가락으로 자신의 얼굴을 가리켰다.

무사가 손으로 그를 가리킨 채로 고개를 끄덕였다.

제갈명은 남모르게 입맛을 다시며 자신을 지목한 무사에게로 다가갔다.

못내 아쉽긴 했으나, 어차피 무사통과는 별반 기대하지 않은 일이라 크게 실망하지는 않았다.

대신 조금 긴장은 되었다.

알고 보니 그를 지목한 무사는 물론, 대문가에 도열한 무사들 모두가 한쪽 가슴에 매화 문양을 새긴 청의 무복을 걸치고 있었다. 화산파의 속가 제자들인 것이다.

'화산 속가들이 문지기라니, 너무 신중한 건지, 그냥 배가 부른 건지 모르겠군.'

제갈명은 습관처럼 무림맹의 상황을 넘겨짚어 보며 자신을 지목한 무사 앞에, 바로 화산 속가인 사내 앞에 도착했다.

사내가 실처럼 가는 두 눈으로 그를 위아래로 훑어보며 손을 내밀었다.

"호패(戶牌 : 신분증명서)와 노인(路人 : 여행 증명서) 좀 보여 주시겠소?"

제갈명은 어이없는 표정으로 웃었다.

"호패와 노인은 황상의 명령을 받아서 국법을 봉행하는 관헌 나리들이나 요구할 수 있는 것으로 알고 있소만?"

사내가 인상을 쓰며 새삼스러운 눈초리로 그의 전신을 훑어보고는 돌아섰다.

"따라오시오."

제갈명은 따라갈 생각이었는데, 사내가 깜빡 잊었다는 듯 돌아보며 한마디 경고를 덧붙였다.

"좋은 말로 할 때!"

제갈명은 순간 반골 기질이 작동해서 발걸음을 멈추려다가 이내 아쉬운 것은 자신임을 떠올리며 묵묵히 사내의 뒤를 따라갔다.

사내는 그런 그를 안내한 곳은 두 줄로 도열한 채로 대문을 들락거리는 사람들을 살피고 있던 화산파 속가 제자들의 뒤쪽이었다.

거기 중년 사내 하나가 나무 의자에 앉아서 졸고 있었다.

제갈명을 안내한 사내가 헛기침으로 졸고 있는 **중년 사내를** 깨우며 보고했다.

"수상한 자입니다."

중년 사내가 달콤한 오수에서 깨어난 것이 싫었던지 만사 귀찮다는 표정을 지으며 물었다.

"뭐가 수상한데?"

"대문 밖에서 한참을 얼쩡거리다가 영내로 들어가려 **했습니**

다. 해서, 호패와 노인을 요구했더니, 거부하네요."

제갈명은 내심 고소를 금치 못했다.

이제 보니 사내는 대문 앞에 도착한 그를 줄곧 지켜보며 감시하고 있었던 것이다.

'썩어도 준치라는 건가?'

허술하게 보여서 우습다고 생각했는데, 착각이었다.

허술한 것이 아니라 구대 문파의 하나인 화산파의 속가 제자가 가질 수 있는 여유였던 것이다.

그러나 그도 이렇게 아무렇게나 마구 불려 다닐 정도로 만만한 사람이 아니었다.

그는 사뭇 정색하며 말했다.

"아직 무림맹의 규칙이나 규범이 제대로 서지 않은 것 같소. 내가 어떤 용무를 가지고 무림맹을 찾아온 손님인 줄 알고 예의 없이 마구 호패와 노인을 요구한단 말이오."

사내의 보고를 듣고서도 여전히 만사 귀찮다는 표정이던 중년 사내가 그제야 안색이 변해서 제갈명을 살펴보았다.

"옷차림을 보니 일거리를 찾아서 떠도는 낭인으로 보이지는 않는군."

그는 마치 제갈명을 데려온 사내에게 들으라는 듯이 자신의 판단을 소리 내서 떠벌리는 것 같았다.

실제로 중년 사내의 판단이 옳기도 했다.

지금 제갈명이 걸치고 있는 의복은 제법 가격깨나 나가는 비단 옷이라 일거리를 찾아서 여기저기 기웃거리는 낭인 나부랭이의 차림새가 아니었다.

사내가 이제야 그것을 느끼며 고개를 끄덕이는데, 중년 사내가 자리를 털고 일어나며 제갈명을 향해 물었다.

"그래서 귀하가 어떤 용무를 가지고 무림맹을 찾아온 손님이라는 거요?"

다리를 벌리고 거만하게 앉아 있던 사람이 의자에서 일어나서 시선을 맞춘다는 것은 이제 대우를 해 줄 마음의 준비가 끝났다는 의미였다.

제갈명은 비로소 애초의 생각대로 거두절미하고 용건을 밝혔다.

"얼마 전 무림맹으로 입성한 제갈세가의 인원 중에 제갈향이라는 아이가 있소. 제갈세가의 여식인데, 나는 그 아이를 만나러 왔소."

중년 사내가 눈빛이 변해서 물었다.

"제갈세가의 자제시오?"

제갈명은 단호하게 고개를 저었다.

"아니오. 나는 명(明) 아무개라고 하며, 그저 제갈향 그 아이를 만나러 왔을 뿐이오."

중년 사내가 제갈세가의 자제가 아니라는 말에 안도하는 와중에 묘하다는 눈치로 제갈명을 바라보았다.

묘하다는 기색이었다.

이러지도 저러지도 못하는 망설임으로 보이기도 했다.

그런데 실제로 그랬다.

중년 사내는 내심 망설이고 있었다.

중년 사내가 보는 제갈명은 뭐라고 쉽게 단정할 수 없는 사내였다.

제갈세가의 자제는 아닐지라도 소위 족보 없는 가문의 자제도 아닐 거라는 생각이 들어서 그랬다.

제갈세가의 여식을 이름까지 대며 그 아이라고 부를 수 있는 사람은 세상에 그리 흔치 않았다.

어디 다른 곳에서 그랬다면 사기요, 기만으로 볼 수도 있겠지만, 적어도 여기서는 아니었다.

무림맹의 대문 앞에서 그와 같은 사기나 기만술을 부리는 담량(膽量)의 소유자는 세상이 거의 없을 테니까.

그래서 결론은 어차피 정해져 있었다.

팔대 세가의 하나이자, 무림맹의 군사 가문의 여식을 만나러왔다는 사람을 어찌 내칠 수 있을 것인가.

다만 지금보다는 더 근본적인 신분 확인이 필요하다는 생각이 드는데, 막상 그게 쉽지 않았다.

대문에서 이렇게 당당하게 요구하는 사람의 신분을 추궁하자니 왠지 모르게 찝찝한 것이다.

'설마 무슨 일이야 있으려고…….'

결국 중년 사내는 그렇게 정리하고 공수하며 자신을 소개했다.

"본인은 무림맹의 외각 경비 일조를 책임지고 있는 왕윤(王閏)이오."

그리고 정중히 손을 뻗으며 돌아섰다.

"따라오시오."

제갈명은 이제야 중년 사내의 정체를 알았다.

어쩐 범상치 않은 인물이다 했더니만 들어 본 적은 있는 인물이었다.

왕윤이라면 홍마수(紅魔手)를 가진 화산파의 속가 제자 중 삼인자로 불리는 고수였다.

'사공척도 벌써 합류해다는 소린가?'

아마도 그럴 것이다.

홍마수 왕윤은 사공척과도 매우 친밀한 사이로 알려져 있었다.

물론 그와 별개로 벌써 이리 많은 화산파의 속가 제자들이 모였다면 사공척이 빠졌을 리 없었다.

누가 뭐래도 사공척은 화산 속가제일인을 노리는 야망가인 것이다.

제갈명은 안 그래도 조바심이 나던 참인데 그런저런 생각으로 더욱 긴장해서 마음을 다잡으며 왕윤의 뒤를 따라갔다.

당연히 이렇게 될 것이라고 생각하며 강하게 나간 것이었으나, 이상과 현실 사이에는 언제나 예측하기 어려운 장애물이 존재할 수 있다는 사실을 아는 그인지라 더욱 마음을 졸였던 것이다.

왕윤의 결정을 기다리는 시간이 그야말로 일각여삼추와 같아서 등줄기가 축축하게 젖어 버렸을 정도였다.

하지만 이제 시작이었다.

진짜 고생은 제갈향을 만난 다음이었다.

아니, 우선 제갈향이 그를 만나 주리라는 보장이 없었다.

누군가 찾아왔다는 전갈을 받으면 그녀는 당연히 그 누군가가 제갈명이라는 사실을 능히 짐작할 수 있을 정도로 총명하지만, 그래서 더욱 나타나지 않을 수도 있었다.

정확히는 그녀가 나타나는 것보다 나타나지 않을 가능성이 더 높았다.

그와 그녀 사이에 존재하는 감정의 골은 그게 당연하게 느껴질 수도 있을 정도로 매우 깊었다.

하물며 문제는 그것 말고도 더 있었다.

제갈향이 그의 뜻대로 나타나 준다면 혼자가 아닐 가능성이 즉, 누군가와 함께 나타날 가능성이 매우 높았다.

그가 찾아왔다는 전갈이 곧장 그녀에게 전달될 가능성이 매우 적기 때문이었다.

지금까지 늘 그랬다.

언제나 그가 찾아왔다는 전갈은 그녀보다 다른 사람이 먼저 받았고, 그들, 두 사람만의 시간을 가진 적이 한 번도 없었다.

항상 누군가가 그들의 곁을 지키고 있었다.

단순한 우연이라고 생각한 그것이 사실은 백부의 감시에 의한 것이었다는 사실을 알게 된 이후부터 그는 그녀를 찾아가지 않았다.

그러나 오늘은 아무래도 상관없었다.

오늘의 그에게는 주변에 누가 있던지 간에 누이동생인 그녀에게 같이 가겠냐고 물어볼 용기가 있었다.

그래서 그는 이유 여하를 막론하고 어떤 식으로든, 누구와 함께든 그녀가 자신 앞에 나나타기만을 바랐다.

'오늘은 기필코!'

제갈명은 전에 없이 두근거리는 마음을 부여잡은 채 오만 가지 가능성을 유추하며 왕윤의 뒤를 따라서 대문과 얼마 떨어지지 않은 곳에 자리한 전각으로 들어갔다.

객청이었다.

왕윤은 거기에 제갈명을 남겨 둔 채 돌아갔다.

그리고 얼마의 시간이 흘렀을까?

왕윤이 제갈향을 데리고 돌아왔다.

제갈명은 많이 놀랐다.

많이 당황스럽기도 했다.

제갈향이 혼자가 아닌 것은 이미 예상한 바라 전혀 놀라거나 당황할 일이 아니었으나, 그녀와 함께 나타난 사람들이 정말 뜻밖이었다.

그의 백부이자 제갈세가의 소가주인 신기수사(神技秀士) 제갈허탁과 그의 장남인 귀제갈(鬼諸葛) 제갈상린(諸葛常麟)이 바로 그들이었다.

제갈허탁과 제갈상린 뒤에는 늙수그레한 두 명의 사내가 시립해 있었다.

제갈세가의 가신이자 호위장(護衛長)들인 철패도(鐵佩刀) 위류보(魏留甫)와 백인검(白刃劍) 이소(李澓)였다.

제갈명은 당황과 놀람의 끝에서 슬며시 긴장했다.

과거라고 할 정도로 오래된 일이긴 하지만, 그들의 만남에서 호위 무사들이 동석하는 경우는 한 번도 없었다.

단지 상황에 따른 변화인 것일까, 아니면 얼마든지 무력을 동원할 수 있다는 위협일까?

그때 제갈허탁이 말했다.

"많이 컸구나."

제갈명은 절로 안색이 변했다.

새삼스러운 당황과 놀람, 그리고 근심이었다.

여태 그는 제갈허탁과의 만남에서 '무슨 일이냐?' 혹은 '네가 왜 왔느냐?' 등의 준엄한 질책 이외의 말은 들어 본 적이 없었다.

그런데 제갈상린이 한 술 더 뜨고 나섰다.

"오랜만이네? 그동안 잘 지냈어? 신수가 아주 훤해졌는데 그래?"

제갈명은 기가 막혔다.

사람에 따라서 약간의 비아냥거림으로 들을 수도 있겠으나, 그는 전혀 아니었다.

이건 엄연히 안부를 묻는 것이고, 궁금함을 드러낸 것이었다.

지난날 제갈균과 제갈근 등의 대장 노릇을 하며 참으로 지독하게도 그를 괴롭히던 제갈상린이었다.

그는 그동안 자신에게 욕설이나 저주 이외의 말을 하는 제갈상린을 거의 본 적이 없었다.

'확실하군!'

제갈명은 이제야말로 심증을 굳혔다.

제갈세가는 결국 누이동생 제갈향의 비밀을 알아낸 것이 분명했다.

제아무리 세월유수라도 제갈허탁과 제갈상린에게 지금과 같은 변화를 가져다줄 수 있는 것은 그것밖에 없었다.

'그토록 아니기를 바랐건만……!'

사실 누이동생 제갈향이 제갈세가가 천하에 자랑하는 두뇌집단인 지다원의 일원이 되었다는 얘기를 들었을 때, 더 나아가서 가주를 따라서 무림맹에 갔다는 사실을 알았을 때부터 그는 걱정이 태산이었다.

지난날 견디다 못해 제갈세가를 뛰쳐나올 때부터 그가 걱정하던 그 이유 말고는 그와 같은 상황이 벌어질 이유가 없었기 때문이다.

그런데 아쉽게도 아니길 바라던 그의 예상이 사실이었다.

지금 그가 보고 느끼는 모든 변화가 그것이 사실임을 웅변적으로 증명해 주고 있었다.

'절대 안 된다! 내가 죽는 한이 있더라도 향이가 평생 제갈세가의 꼭두각시로 살게 둘 수는 없다!'

제갈명은 실로 독하게 마음을 다잡으며 냉정한 태도로 제갈허탁을 향해 공수했다.

"오랜만에 뵙겠습니다."

여타 가문의 상봉이었다면 제갈명은 마땅히 제갈허탁에게 백부라는 호칭을 사용했을 터였다.

그러나 제갈명은 그러지 않았다.

지금만이 아니었다.

그동안 그는 단 한 번도 제갈허탁에게 백부라는 호칭을 사용한 적이 없었다.

제갈허탁이 그걸 원하지 않았다.

제갈허탁과 제갈상린의 표정이 살짝 변했다.

제갈명의 태도에서 자신들이 알고 있던 과거의 모습과 다른 무언가를 느끼는 것처럼 보였다.

제갈명은 그에 전혀 아랑곳하지 않고 제갈향에게 시선을 돌렸다.

제갈향은 정말 몰라보게 성장한 모습이었다.

여전히 어릴 때의 모습을 어느 정도 간직하고 있지만, 길에서 우연히 마주쳤다면 그냥 스치고 지나쳤을지도 모를 정도로 어엿한 여인으로 변해 있었다.

"잘 지냈어?"

제갈명은 애써 살가운 미소를 보이며 안부를 전했다.

"이번엔 오빠가 너무 늦게 왔지?"

제갈향은 외모만 변한 것이 아니라 생각도, 마음도 변한 것 같았다.

언제나 그를 만나면 곁에 누가 있던 상관없이 두 눈에 그렁그렁 눈물이 맺혀서 어쩔 줄 모르며 반기던 그녀였는데, 오늘은 아니었다.

오늘의 누이동생 제갈향은 시들한 눈빛과 마뜩잖아 하는 모습이었다.

대답도 그랬다.

"괜찮아. 언제 온다고 약속을 한 것도 아니잖아."

제갈명은 한 방 맞은 것처럼 충격을 먹었으나, 애써 입가의 미소를 버리지 않으며 말했다.

"미안, 그간 정말 바빴어. 대신 이제 너를 다시 기다리게 하는 일은 없을 거야. 오늘은 이 오빠가 너를 데리러 왔거든. 같이 가자."

"지금 무슨 소리를 하는 게냐?"

제갈허탁이 서늘한 두 눈을 빛내며 준엄한 목소리로 끼어들었다.

제갈명은 웃는 낯으로 태연하게 제갈허탁의 시선을 마주 바라보았다.

과거에는 지금과 같은 제갈허탁의 눈빛과 준엄한 목소리 앞에 한껏 주눅이 들어서 자라목이 되었던 그였으나, 오늘은 아니었다.

"방금 들이신 그대로입니다. 제가 그동안 자리를 잡아서 이제 그만 향이를 데려갈까 합니다."

"뭐라? 뜨내기 사기꾼 주제인 네가 자리를 잡아?"

제갈허탁이 같잖다는 듯 헛웃음을 흘리며 끌끌 혀를 차고는 재우쳐 말했다.

"내가 그간의 네 행적을 모르고 있을 것 같으냐? 얼마나 사기를 해댔는지 비취호리라는 쓰레기 같은 별호도 얻었더구나! 언감생심, 감히 겁도 없이 내 앞에서도 사기를 치려는 게냐?"

제갈명은 태연하게 말을 받았다.

"예, 저의 행적을 모르시는 것 같네요. 예전에는 그런 적도 있었죠. 하지만 지금은 아닙니다. 분명 자리를 잡았고, 그래서 향이를 데려가려는 겁니다. 제가 언제 한 번이라도 소가주님을 속인 적이 있었던 가요?"

제갈허탁의 안색이 변했다.

제갈명의 당당한 반론에 적잖게 당황한 기색인데, 그것도 잠시, 그는 이내 냉소를 머금고 매섭게 다그쳤다.

천위천위
주인

"어디냐, 거기가? 네가 자리를 잡았다는 그곳 말이다!"

제갈명은 냉담하게 고개를 저었다.

"그건 소가주님께 알려 드릴 수 없습니다. 제가 아는 소가주님이라면 언제든지 찾아와서 해코지를 할 수 있으니까요."

"이런, 미친놈……!"

제갈상린이 발끈하며 자리를 박차고 일어났다.

두 눈을 시퍼렇게 치켜뜬 그는 당장이라고 손을 쓸 것처럼 칼자루를 잡고 있었다.

제갈허탁이 손바닥으로 탁자를 두드리며 제갈상린의 행동을 막았다.

"앉아라!"

제갈상린이 마지못한 표정으로 자리에 앉아서 잡아먹을 듯이 제갈명을 노려보았다.

제갈명은 그런 그가 안중에도 없다는 듯 상관하지 않고 제갈허탁에게 시선을 고정한 채로 태연하게 다시 말했다.

"소가주님, 예전에 저와 제 누이동생이 제갈가의 사람들에게 뭐라고 불렸는지 잘 아시지 않습니까. 골방 명이, 골방 청이였습니다. 별채에서 기르던 개들인 백구와 황구하고 같은 이름이었죠."

잠시 말을 끊고 심도 깊은 눈빛으로 제갈허탁의 시선을 마주한 제갈명은 새삼스럽게 두 손을 모아서 포권의 예를 취하며 간절히 부탁했다.

"부탁드립니다, 소가주님. 백구가 나갈 때처럼 황구가 나갈 때도 그냥 그러려니 하고 무시해 주십시오. 하늘에 맹세코 죽을 때까지 제갈세가에 누가 되는 일은 하지 않고 살겠습니다."

사실을 말하자면 이건 제갈명이 마음에서 우러나서 하는 맹세가 아니었다.

어린 시절만 돌아보면 씹어 먹고 갈아 마셔도 시원찮은 것이 그가 생각하는 제갈세가였다.

그러나 병든 몸을 가지고 삯바느질로 그들을 키우시던 어머니가 돌아가시기 전에 그들을 제갈세가로 보내면서 남김 유언이 그것이었다.

그들을 거두긴 했지만, 일 년도 지나지 않아서 어머니의 뒤를 따라가신 아버지가, 바로 제갈허탁의 막내 동생인 제갈천탁(諸葛天託)에게 남긴 유언도 그것이었다.

먼저 가서 미안하다는 사과와 함께 부디 가문과 척을 지고 살지 말라는 당부를 남기셨던 것이다.

"음."

제갈허탁이 어색한 표정으로 반백의 머리를 쓸어 넘기며 침음을 흘렸다.

지성이면 감천이라더니, 억지로라도 감정을 억누르고 나선 제갈명의 정성이 통한 것일까?

곧바로 이어진 제갈허탁의 말이 제갈명에게 그런 생각을 하게 만들었다.

"네 생각이 그리도 강경하다면 나라고 볼 수 있나. 그래, 알았다. 향이가 너의 의견에 동의한다면 그리 승낙하마."

제갈명은 더 없이 기쁘면서도 마냥 기뻐할 수 없는 묘한 모순에 빠졌다.

제갈허탁이 제갈향의 비밀을 알고 있다면 이리 쉽게 그의 말에 수긍하고 물러날 사람이 절대 아니었다.

'설마……?'

제갈명은 애써 불길한 생각을 억누르며 웃는 낯으로 누이동생 제갈향에게 시선을 주었다.

"들었지? 소가주님이 허락했다. 어서 이 오빠와 함께 가자. 네가 편히 살 수 있는 집을 마련해 두었다."

제갈향이 반가운 마음에 내민 제갈명의 손길을 뿌리치며 말했다.

"왜 이래? 내가 가긴 어딜 가? 내가 언제 오빠하고 같이 간다고 했어? 나 몰라라 팽개쳐 놓고 몇 년 만에 삐쭉 얼굴을 내밀어 놓고 무슨 그런 황당스러운 말을 하고 있어?"

"햐, 향아?"

제갈명은 당황해서 어쩔 줄 몰랐다.

현실이 아닌 것 같았다.

누이동생 제갈향은 결코 그에게 이런 말을 할 수 있는 아이가 아니었다.

매번 밤낮으로 그가 오기만을 기다린다고 말하며 눈을 글썽

이던 여린 아이가 어찌 이렇게 사납고 표독스럽게 그를 내칠
수 있단 말인가.

"그, 그래, 늦어서 미안하다! 오빠가 잘못했다. 하지만 이제
부터……!"

"됐어! 버려 둘 때는 언제고 이제서 무슨 그딴 소리야!"

제갈향이 싸늘하게 말을 자르고는 더 없이 표독스럽게 그
를 노려보며 재우쳐 말했다.

"확실하게 말해 줄 테니까 잘 들어! 나 이제 더 이상 오빠가
알고 있는 예전의 그 어린 향이가 아니야! 클 만큼 컸고, 배울
만큼 배워서 이제 더는 오빠의 도움이 필요하지 않아! 내가 오
늘 지금 이 자리에 나온 것은 순전히 오빠에게 그 말을 해 주
려고 싶어서야!"

"향아!"

"그만 꿈 깨! 난 오빠 따라서 안 가! 예전엔 내가 어려서 몰
랐지만, 이제는 잘 알거든! 우리 가문이 얼마나 대단한 가문인
지 말이야!"

"향아!"

"부탁하는데, 그만 돌아가. 그리고 또다시 그런 말도 안 되
는 소리를 하려거든 찾아오지 마. 내가 바보야? 모든 사람에게
대우받으며 편하게 살 수 있는 곳을 내버려두고 고생길이 훤한
뜨내기 사기꾼인 오빠를 따라가게?"

"향아!"

"아, 글쎄, 됐다니까! 나는 그냥 내 인생 살 테니까, 오빠는 그냥 오빠 인생이나 잘 잘아!"

"……!"

제갈명은 더 이상 참지 못하고 자리를 박차고 일어나며 제갈향의 손을 잡았다.

아니, 잡으려 했다.

그때 바람처럼 다가온 누군가의 손이 그의 손목을 낚아챘다.

"그만두시지요!"

제갈세가의 호위장인 백인검 이소였다.

제갈명은 싸늘한 이소의 눈빛과 놀라서 뒤로 물러나는 제갈향의 모습을 보며 정신을 차렸다.

동시에 전신의 피가 싸늘하게 식는 것을 느꼈다.

절반의 서슬을 드러낸 칼자루를 잡은 채 노려보고 있는 제갈상린의 모습이 그의 눈에 들어왔기 때문이다.

너무 흥분해서 이성을 잃었다.

이건 제갈허탁이 바라마지 않는 일이었다.

이유 여하를 막론하고 살수를 펼칠 수 있는 명분을 주는 짓이었다.

이소의 손 속이 빨라서 다행이었다.

그게 그를 살렸다.

이소의 손 속이 조금만 늦었어도 그는 제갈상린의 검날에

목이 떨어졌다.

이성을 잃을 정도로 흥분한 상태라 검날이 다가오는 것도 느끼지 못했을 테니까.

제갈명은 슬쩍 이소의 손을 뿌리쳤다.

그리고 어색한 미소를 흘리며 제갈허탁을 향해 공수했다.

"죄송합니다. 제가 너무 흥분했습니다."

제갈허탁이 냉정하게 말했다.

"여전히 어리석구나. 용서할 생각이 없는 사람에게 왜 쓸데없이 사과를 하는 게냐. 됐고. 네 누이가 한 말이나 잊지 말고 명심해. 네 누이는 너와 달리 명석해서 가문을 선택했으니, 그리 알고 다시는 누이 곁에 얼씬도 하지 말거라!"

제갈명은 불같은 시선으로 제갈허탁을 노려보았으나, 그게 다였다.

지금의 상태로는 더 이상 그 어떤 행동도 할 수가 없었다.

분명 그가 모르는 무언가 더 있다는 것을, 누이 제갈향은 절대 이럴 수 있는 아이가 아니라는 것을 익히 잘 알고 있지만, 지금은 조용히 물러나야 할 때였다.

흥분과 분노는 어떤 판단을 내리는 데 전혀 도움이 되지 않는 사실을 그는 익히 잘 알고 있었다.

"다음에……."

제갈명은 애써 마음을 다잡고 제갈허탁이 아닌 제갈향을 향해서 말하며 돌아섰다.

"……다시 올 테니, 그때 다시 얘기하자."

제갈향은 그저 침묵했다.

대신 제갈허탁이 준엄하게 꾸짖었다.

"다시는 누이 곁에 얼씬도 하지 말라고 했다!"

"……."

제갈명은 대답하지 않고, 돌아보지도 않고 그대로 묵묵히 발걸음을 옮겨서 밖으로 나갔다.

제갈상린이 그 모습을 보며 코웃음을 쳤다.

"흥! 멍청하기는……!"

순간, 제갈향이 표독스러운 눈초리로 제갈상린을 노려보았다.

제갈상린이 찔끔하고는 멋쩍은 기색으로 딴청을 부렸다.

제갈향이 그런 냉정하게 외면하고는 제갈허탁에게 시선을 고정하며 말했다.

"원하는 대로 해 드렸습니다. 그러니 어떠한 일이 있어도 오라버니에게 해코지하지 않겠다는 약속은 꼭 지켜 주시길 바랍니다."

그랬다.

제갈향이 제갈명의 말을 거부하며 매몰차게 내친 이유가 바로 이것이었다.

제갈허탁이 자못 너그러운 미소를 드리운 채 제갈향을 바라보며 고개를 끄덕였다.

"여부가 있겠느냐. 너만 올곧게 둔다면 그건 얼마든지 걱정하지 않아도 되는 일이니라."

제갈향이 그제야 자리를 털고 일어나서 고개를 숙여 보이며 돌아섰다.

"그럼 저는 이만……!"

제갈향이 밖으로 사라지자, 제갈허탁이 사뭇 차가워진 눈초리로 제갈상린을 쳐다보며 끌끌 혀를 찼다.

"도대체 언제까지 기다려야 하는 게냐? 대체 언제가 되어야 저 계집의 것을 다 가져올 수 있다는 게야?"

제갈상린이 찔끔하며 대답했다.

"조금만 참아 주십시오, 아버님, 이제 머지않아 저년이 가진 것이 죄다 제 손에 들어올 것입니다."

"그러니까 언제?"

"두 달, 아니, 한 달 이내에 그렇게 되도록 하겠습니다."

"확실한 거겠지?"

"예, 확실합니다, 아버님."

제갈허탁이 묵묵히 고개를 끄덕이다가 이내 싸늘한 목소리로 씹어뱉듯이 말했다.

"그러면 저 시건방진 놈은 굳이 살려 두지 않아도 되겠구나. 어째 보아하니 심계가 더 깊어진 것 같아서 아무래도 그냥 둘 수가 없겠다."

제갈상린이 눈치 빠르게 알아듣고는 두 눈을 빛내며 나섰다.

"제게 맡겨 주십시오! 깨알 같은 흔적 하나 남기지 않고 깔끔하게 처리해 버리겠습니다!"

제갈허탁이 돌아서서 밖으로 나서며 말했다.

"그냥 돌아가지는 않았을게다. 녀석의 눈빛이 그랬다. 주변 어디객잔에서 머물다가 마음을 다잡고 다시 올 테지. 그게 언제일지 모르니 오늘 밤이 지나기 전에 처리해라. 쥐도 새도 모르게!"

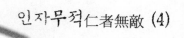

인자무적仁者無敵 (4)

객청을 나선 제갈허탁은 거처가 있는 내원으로 들어서다가 뜻밖의 인물을 만나서 의외의 질문을 듣고 있었다.

개방의 장로인 파면개 막동이 바로 그였다.

"벌써 손님이 가셨소?"

"손님이라니요?"

"소가주의 질녀(姪女)를 찾아온 손님이 있다고 들어서……?"

"아……!"

제갈허탁은 이제야 지금 이곳이 외원으로 나가는 길목이고, 지금 나타난 파면개 막동의 용무가 자신의 접객과 관련 있다는 사실을 간파하고는 순간적으로 수긍하며 되물었다.

"예, 그렇소만, 어떻게 아셨소?"

파면개가 묘하다는 투로 제갈허탁을 바라보았다.

"우연찮게 애들에게 들었소. 문지기 왕윤이 제갈세가의 손님을 여기 객청으로 데려갔다고 하더이다. 아시다시피 우리 애들이 주변 소식에 조금 민감하지 않소. 한데, 이 거지가 알면 안 되는 일인 거요?"

제갈허탁은 예리한 반문에 심기가 흔들렸으나, 애써 내색을 삼가며 신중하게 말을 얼버무렸다.

순간적으로 대충 속이고 넘어가서는 언제고 불리하게 작용할 수도 있다는 판단이 섰던 것이다.

"집안일이라는 게 다 그렇지 않소. 밖으로 새면 창피한 노릇인 것이 적지 않지요. 하나 있는 조카딸의 얼굴이 반반해 놓으니 이렇게 말도 많고 탈도 많구려. 생판 처음 보는 사내자식이 예까지 다 찾아오니 말이오. 하여간 요즘 애들 감정은 정말 알다가도 모르겠다는……!"

"아, 그런 일이었구려."

"살다보니 별일을 다 겪는다 싶소이다. 아무튼, 방금 막 본인이 조카딸과 함께 그놈을 만나서 한 번만 더 찾아오면 단단히 각오해야 할 것이라고 엄히 경고하고 쫓아내 버렸소. 작심하기로는 어디 다리몽둥이 하나라도 부러트려 주려고 했는데, 막상 만나 보니 차마 그럴 수는 없구려."

그는 멋쩍게 웃으며 덧붙였다.

"이 사람도 사내라고 그놈과 잠시 얘기해 보니 사내가 다 그

천외천의
주인

렇지 하는 마음도 들고, 진심으로 여기까지 찾아온 용기가 가상하기도 해서 말이오."

"하긴, 사내가 다 그렇지요. 난 또……."

파면개가 동조하며 무심결에 속내를 꺼내려다가 그만두고는 사과했다.

"아니요. 됐소. 내 착각을 해서 쓸데없이 제갈 소가주의 시간을 축냈구려. 이거 정말 미안하게 되었소."

제갈허탁은 실로 궁금해져서 물었다.

"무슨 말을 그리 하다가 마시오. 착각이라니요? 대체 무엇을 착각했다는 것이오?"

파면개가 어색하게 웃으며 실토했다.

"아, 그게, 애들 말을 듣자니 그자의 인상착의가 내가 아는어떤 사람과 비슷해서 말이오. 해서, 혹시나 내가 아는 사람인가 했는데, 소가주의 말을 듣고 보니, 아닌 것 같소. 내가 아는그 친구는 여자에 눈이 팔려서 여기까지 찾아올 정도로 막무가내가 아니니 말이오."

"아, 그랬군요."

제갈허탁은 실로 파면개가 오해했다는 생각이 들어서 한결편해진 마음으로 재우쳐 물었다.

"막 장로님께서 이렇게 서둘러 나설 정도면 대단한 신분을가진 사람인 모양이네요. 대체 그 친구가 누군데 그러십니까?"

파면개가 어색한 미소를 흘리며 손사래를 쳤다.

"아니, 그게 아니라, 그 친구가 대단한 건 아니고, 그 친구가 모시는 사람이 대단한 건데, 에…… 그러니까, 그냥 그런 사람이 하나 있소. 이래저래 나와 엮인 것이 많은 사람이라 신분을 밝히기는 좀 곤란하니, 너그럽게 이해해 주시오."

"아닙니다. 제가 괜한 질문을……!"

제갈허탁은 더 캐묻지 않고 수긍하며 넘어갔다.

무언가 내막이 있는 것 같아서 궁금하긴 했으나, 지금은 다른 무엇보다도 자신의 코가 석자라 빨리 파면개와 헤어지고 싶었다.

파면개는 통일 개방에서 핵심적인 역할을 수행하는 무림맹의 일원이라 그와는 노는 물이 달랐고, 애초에 그다지 가까운 사이도 아닌지라 가벼운 대화도 못내 껄끄러운 상대였다.

"대신 부탁드립니다. 여식에 대한 말이 밖으로 도는 것을 어느 가문이 싫어하지 않겠냐만, 제 아버님께서 워낙 유별나게 싫어하시는 까닭에 모쪼록 입단속을 좀……!"

"여부가 있겠소. 아이들에게도 잘 말해 두겠소."

"고맙소."

"별말씀을……!"

제갈허탁은 인사를 끝내며 발걸음을 재촉해서 가던 길을 갔다.

파면개는 그런 제갈허탁을 등지고 돌아서서 **총총히** 외원으로 들어서다가 아차 하며 이마를 쳤다.

제갈가의 여식을 찾아왔다는 사내의 인상착의가 자신이 아는 풍잔의 제갈명과 너무도 흡사해서 서둘러 외원의 객청으로 나서는 참이었다.

그게 아니라면 이제 그가 외원으로 나갈 이유가 없는 것이다.

"하긴, 말이 안 되는 일이지. 거기서 여기가 어디라고 그 녀석이……?"

파면개는 이제 보니 스스로 생각해도 말이 안 되는 일이라고 치부하며 발길을 돌렸다.

그러다가 다시금 돌아섰다.

아무 생각 없이 발길을 옮긴 그는 어느새 외원으로 들어서서 대문을 벗하고 자리한 객청이 시야에 들어오는 위치에 있었다.

그런데 대문가에서 벌어지는 묘한 움직임이 있었다.

처음에는 무심결에 그냥 지나쳤다가 어째 이상한 느낌이라 다시 돌아서서 확인해 보니 잘못 본 것이 아니었다.

제갈세가의 무사들이 대문을 나서고 있었다.

"우연치고는 좀 묘하네?"

파면개는 그 자리에 그대로 서서 고개를 갸웃거리며 턱을 긁적였다.

무언가 이상한 느낌을 받으면 그가 자신도 모르게 드러내는 습관인데, 생각에 빠져들자 이상한 것이 더 떠올랐다.

"질녀와 함께 그놈을 만났다고 했잖아?"

그런데 제갈허탁은 정작 혼자서 거처로 돌아가고 있었다.

그건 질녀만 남겨 두고 돌아가는 것이거나 질녀만 먼저 보내고 나서 자신은 나중에 객청을 나왔다는 뜻이었다.

"근데, 늘 품에 끼고 사는 장남이 그다음 시간에 저렇게 가문의 무사들을 이끌고 밖으로 나가는 이유가 어디에 있을까?"

그때 누군가 그의 어깨를 치며 말했다.

"무슨 이유가 어디에 있다는 소리예요?"

예전과 같은 비단옷이 아니라 낡은 마의를 걸쳤지만, 영준한 얼굴에 갸름하게 큰 두 눈과 높은 콧대, 얇은 입술로 인해 여전히 자존심이 강한 인상을 풍기는 젊은 걸개, 무진개 천이탁이었다.

파면개는 이미 천이탁이 뒤에서부터 다가오고 있음을 알고 있었기 때문에 놀라거나 당황하는 대신 불쑥 되물었다.

"요사이 제갈세가의 무사들이 영내를 벗어난 경우가 몇 번이나 있었냐?"

"몇 번은 무슨……."

천이탁이 생각할 것도 없다는 듯 즉시 대답했다.

"한 번도 없었는데요. 왜요?"

"그래?"

파면개는 대답 대신 고개를 끄덕이며 잠시 생각에 잠겼다가 이내 깜박했다는 듯 정신을 차린 얼굴로 천이탁을 쳐다보며

천외천의
주인

물었다.

"근데, 넌 지금 어디를 가냐?"

천이탁이 멋쩍은 표정으로 대답했다.

"아, 별거 아니고요. 그냥 뭣 좀 확인해 볼 것이 있어서요."

파면개는 느낌적인 느낌으로 물었다.

"누가 누굴 찾아왔는데 그 누가 어째 아는 놈하고 비슷한 인상착의라 이거지?"

천이탁의 두 눈이 커졌다.

"아니, 그걸 어떻게 아셨어요?"

"다 아는 수가 있지."

파면개는 대수롭지 않게 대꾸하고는 짐짓 커진 눈을 가늘게 좁히며 자신의 기색을 살펴보는 천이탁의 뒷목을 잡으며 발길을 서둘렀다.

"일단 잔말 말고 조용히 따라와라. 아무래도 너와 내가 무언가 재미있는 일을 보게 될 것 같다."

ꙮ

제갈명이 그대로 돌아가지 않고 무림맹 인근에서 머물 것이라는 제갈허탁의 예측은 정확했다.

무림맹을 나선 제갈명은 서둘러 성내로 들어갔고, 성문과 가까운 지역의 저잣거리에 있는 객잔에 투숙한 다음 한동안 꼼짝도 하지 않고 마음을 추슬렀다.

누이 제갈향이 뱉어 낸 말들이 하나하나 비수가 되어 그의 가슴을 찌른 까닭에 회복할 시간이 필요했다.

답답하고 고통스러웠다.

그것이 제갈향의 진심이라고 생각해서가 아니었다.

그에게 그런 말을 할 수밖에 없는 입장에 놓여 있는 누이 제갈향의 처지가 불쌍해서였다.

누가 뭐래도 그는 여전히 누이 제갈향을 믿고 있었다.

무언가 겁박을 받고 있는 게 분명했다.

그리고 그건 그녀 자신의 목숨이 아닌 바로 그, 오빠인 제갈명의 목숨일 가능성이 매우 컸다.

그가 아는 누이 제갈향의 심성과 소가주 제갈허탁의 아니, 제갈가의 욕망을 떠올려 보면 쉽게 답이 나왔다.

물론 제갈가가 누이 제갈향의 비밀을 알았다는 전제 아래 말이다.

'그렇게나 조심하라 일렀거늘……!'

하긴, 조심한다고 되는 문제가 아니었다.

누이 제갈향이 알고 있는, 정확히는 비운의 천재로 알려진 아버지 제갈천탁이 구음절맥으로 태어난 그녀의 천형을 억제하기 위해 그녀의 뇌리에 심어 준 제갈세가의 비전, 현현제환지(玄玄制幻智)의 능력은 그녀가 통제할 수 있는 것이 아니기 때문이었다.

'가증스러운 사람들!'

제갈명은 새삼 치를 떨었다.

지금 돌아가는 상황을 보면 제갈허탁은 틀림없이 누이 제갈향에게 현현제환지의 능력이 있음을 알고 있었다.

상갓집 개보다 못하게 대하던 그녀를 지금처럼 애지중지할 이유는 그것 말고 달리 존재하지 않았다.

그래서 이제 결론은 하나였다.

우선 아무도 모르게 제갈향과 단 둘이서만 만나야 했다.

제갈향을 제갈가의 마수에서 빼오려면 우선 그녀가 제갈가의 협박을 두려워하지 않아도 된다는 것을, 그에게 제갈가를 뿌리칠 수 있는 능력이 있다는 사실을 알려야 하기 때문이다.

'어떻게?'

제갈명은 한숨이 절로 나왔다.

지금 그의 능력으로 무림맹의 영내에 잠입해서 제갈향을 만난다는 것은 그야말로 어불성설(語不成說)이었다.

비록 지금 그의 무공이 과거와 비교할 수 없을 정도로 높은 경지에 올랐다고는 하나, 그래 봤자 고작 이류를 겨우 벗어난 수준에 불과한데, 오늘 그가 확인한 무림맹에는 구대 문파의 정예들이 포진해 있는 것이다.

'주군께 도움을 청해야 하나?'

제갈명은 어쩔 수 없이 그런 생각이 들었으나, 이내 절레절레 고개를 흔들며 부정해 버렸다.

주군이, 바로 설무백이 나선다면 어떤 식으로든 해결할 수 있을 터였다.

그가 아는 설무백은 실로 부소불위(無所不爲)의 능력을 가진 천의무봉(天衣無縫)의 무인이기 때문이다.

요즘 같아서는 천하 십대 고수가 떼로 달려들어도 설무백에게는 안 될 것 같다는 것이 그의 솔직한 심정이었다.

그러나 이건 아니었다.

이번 일은 정말 그의 힘으로 해결하고 싶었다.

그는 실로 누이에게 그런 오라비가 되고 싶었다.

'분명히 방법이 있을 거야! 생각해 내! 생각해 내라, 제갈명! 늘 네 머리가 최고라고 자신했잖아!'

침상에 쭈그리고 앉아서 제갈명은 두 손으로 자신의 양미간을 아프도록 세게 두드리며 자기 자신을 다그쳤다.

그러다가 퍼뜩 정신을 차렸다.

"이런 젠장!"

제갈명은 발작적으로 일어나서 침상 옆의 창문으로 몸을 날렸다.

와장창—!

창문을 박살 내며 밖으로 튀어나간 제갈명은 한바탕 바닥을 구르고 일어나서 다시금 신형을 날렸다.

아니, 날리려고 하다가 그만두었다.

이미 늦었음을 깨달았기 때문이다.

제갈명이 정한 객잔의 거처는 후원의 객방이었고, 그래서 후원의 객방과 객잔의 건물 사이에는 사방이 담으로 둘러쳐진 작은 정원이 꾸며져 있었다.

제갈명이 창문을 통해서 뛰쳐나간 곳이 바로 그 정원이었는데, 지금 그 정원의 사방이 살기로 가득했다.

얼추 이십여 명의 사내들이 칼을 뽑아 든 채 정원을 에워싸고 있었던 것이다.

제갈명은 그 사내들 속에서 빙글거리고 있는 제갈상린을 발견하고는 절로 헛웃음을 터트렸다.

"내가 바보지. 충분히 이럴 수 있는 종자들인 것을 알면서도 간과했으니 말이야."

제갈상린이 혀를 차며 비아냥거렸다.

"그래, 네가 바보인 거야. 강호에서 여우라는 소리까지 듣고 있다면서 이게 뭐냐? 너무 쉬워서 내가 다 아쉽다야."

제갈명은 웃는 낯으로 대꾸했다.

"그럼 한 번만 살려 주라. 다음엔 정말 아쉽지 않게 해 줄 자신 있는데."

제갈상린이 비틀린 미소를 흘리며 싸늘하게 말했다.

"그래. 나는 너의 이런 게 정말 미치도록 싫었어. 뻔히 지는 상황이고, 자기도 질 걸 알면서도 이렇게 끝까지 여유를 부린단 말이지. 기분 더럽게 말이야."

"역시 가차 없네."

제갈명은 툴툴거리고는 주섬주섬 늘 품에 지니는 비수 한 자루와 창문으로 몸을 날리는 와중에도 잊지 않고 챙긴 허리의 검은 부채, 흑선을 뽑아서 각기 양손에 나눠 쥐며 제갈상린을 향해 히죽 웃었다.

"알지? 나 쉽지 않은 놈인 거?"

제갈상린이 같잖다는 표정으로 코웃음을 치며 수중의 검을 뻗어서 제갈명을 가리켰다.

공격 명령을 내리려는 것인데, 그때였다.

제갈상린의 입에서 공격하라는 명령이 뱉어지기도 전에 먼저 나선 두 사람이 제갈명의 곁으로 내려섰다.

제갈상린은 어리둥절해하며 고개를 갸웃거렸다.

제갈명에게 다가온 두 사람 모두 한쪽 팔이 없는 외팔이었기 때문이다.

그들이 명령에 앞서 나선 것은 둘째 치고, 대동한 제갈세가의 호위 무사들 중에 외팔이가 있었나 하는 표정이었다.

그때 제갈명이 그들, 두 사람을 알아보며 황당해했다.

"아니, 뭡니까 지금? 왜 두 분이 여기 있는 거예요?"

질문의 대답 대신 타박이 돌아왔다.

"그냥 방에 있지."

"그러게."

투덜거린 사람은 사도이고, 짧게 맞장구를 친 사람은 흑영이었다.

"뭐야? 꼴에 한 수 숨겨 두고 있던 거야? 근데, 너무 심한 거 아니냐? 어째 다들 병신들이야?"

뒤늦게 사도와 흑영이 자신의 수하가 아니라는 상황을 파악한 제갈상린의 비웃음이었다.

사람을 보는 눈을 가졌다면 사도와 흑영을 보고 그런 반응을 보이지 못했을 테지만, 아쉽게도 그의 눈은 그 정도가 아니었다.

반면에 제갈명은 사태를 명확히 볼 수 있는 눈을 가지고 있었다.

지금 제갈상린이 대동한 제갈가의 무사들은 결코 사도와 흑영를 상대할 수 없었다.

제갈가의 호위장들인 철패도 위류보와 백인검 이소가 함께 왔다고 해도 어려웠을 텐데, 무슨 이유에서인지 그들도 동행하지 않았다.

"잠시만……!"

정신을 차린 제갈명이 슬쩍 사도와 흑영의 소매를 잡았다.

생각 같아서는 나 몰라라 방관하고 싶지만, 그럴 수가 없었다.

제갈상린이 핏줄이라는 생각이 들어서가 아니었다.

제갈가는 무림맹의 일원이고, 하물며 가주는 무림맹의 군사였다.

지금 여기서 제갈상린 일행을 해치운다면 이유 여하를 막론하고 풍잔과 무림맹이 척을 질 것 같았다.

제갈명은 자신의 지극히 개인적인 일로 인해 풍잔에 그와 같은 피해를 주고 싶지 않았다.

"어쨌거나, 무림맹의 일원이에요. 싸워서 좋을 게 없으니, 내가 먼저 말로 해결해 보죠."

사도가 어깨를 으쓱이며 쓰게 입맛을 다셨다.

"본의는 아니지만 대충 사정을 알게 됐으니 일단 한번 빠져 주긴 하겠는데, 너무 지나친 인내를 기대하지는 마. 우리는 군사를 절대 다치게 하지 말라는 주군의 명령이 우선이니까."

"알았어요."

제갈명은 자신의 뒤를 밝은 사도와 흑영의 이유를 듣자 기분이 묘해졌으나, 애써 내색을 삼가며 대답하고는 서둘러 제갈상린에게 시선을 주며 설득했다.

"잘 들어. 지금부터 내가 하는 말은 제갈가를 위시한 너나 나를 위해서가 아니라, 순전히 내가 모시는 분과 무림맹의 관계를 위해서야. 그러니까 무조건 따라 줘야 해. 지금 당장 조용히 물러가. 그럼 아무 일도 없을 거야. 그렇게 너도 나도 오늘 일은 깨끗이 잊어서……!"

"이런 병신……!"

제갈상린이 코웃음을 치며 말을 잘랐다.

그리고 어이없다 못해 황당하다는 표정으로 제갈명을 쳐다보며 비웃었다.

"지금 그걸 수작이라고 부리는 거냐? 저런 병신 두 마리를 데려다 놓고 그따위 협박이 내게 통할 거라고 생각하는 거야?"

"그런 게 아냐! 지금 나는 네게……!"

"그래그래, 알았다. 네가 속이 너무 타는 모양인데, 그 마음 이해하고 속전속결로 빨리 끝내줄 테니까 그따위 지랄육갑은 저승에 가서 떨어라! 알았지?"

제갈명은 더는 대꾸도 못하고 절로 한숨을 내쉬었다.

제갈상린의 태도는 그가 세상에 없는 용천지랄을 해도 절대 통할 것 같지 않았다.

제갈상린이 그런 제갈명의 체념을 절망으로 본 듯 누런 이를 드러내며 수하의 무사들을 훑어보았다.

그때였다.

"그러지 말고 그냥 저 친구 말 듣지?"

제갈명 등을 포위한 제갈세가 무사들의 뒤쪽, 정원의 측면인 담장이었다.

언제 나타났는지 모르게 모습을 드러낸 두 사람이 거기 비둘기처럼 나란히 쪼그리고 앉아 있었다.

제갈상린의 안색이 변했다.

제갈명을 비롯한 사도와 흑영의 안색도 달라졌다.

다만 그들의 변화는 적잖은 차이가 있었다.

제갈상린은 기겁해서 어쩔 줄 몰라 하는 표정이었고, 제갈명 등은 반색하는 와중에 어딘지 모르게 떨떠름해하는 기색이었다.

담장에 나타난 두 사람이 바로 개방의 파면개 막동과 무진개 천이탁이었기 때문이다.

"마, 막 장로님이 어떻게 여길……?"

제갈상린이 애써 진정한 모습으로 말을 더듬자, 파면개가 뭐라고 대꾸하기도 전에 천이탁이 나섰다.

"야, 지금 그게 중요하냐? 우리는 신경 쓰지 말고, 어서 저 친구들이나 잘 처리해. 혹시 몰라서 나도 네게 한마디 조언을 해 주자면, 우리 막 장로님의 말을 적극적으로 따르는 걸 추천한다."

제갈상린의 표정이 볼썽사납게 일그러졌다.

같은 말이라도 파면개가 했다면 모르겠으나, 천이탁이 했기 때문에 그랬다.

그는 천이탁과 동년배는 아니지만 비슷한 또래라는 점에서 엄청난 경쟁의식과 그보다 더한 열등감을 가지고 있었다.

엄밀히 따지면 자신보다 어린 천이탁이 강호 무림에서 후기지수의 선두를 다투던 무림 팔수의 하나로 명성이 자자한데 반해, 그는 제갈세가가 자리한 양양만 벗어나도 알아주는 이가 거의 없는 무명소졸에 가까웠기 때문이다.

그래서였다.

제갈상린은 언제 그들의 등장에 놀랐냐는 듯 싸늘하게 식어 버린 눈빛으로 천이탁을 노려보며 발끈했다.

"넌 빠져! 지금 여긴 너 따위가 끼어들 자리가 아니다! 어른이 말씀하시는데 감히 어딜 끼어들려고 나서!"

천이탁이 어이없어했다.

"네가 어른이냐?"

제갈상린이 으르렁거렸다.

"내가 지금 나를 두고 얘기하는 거냐?"

천이탁이 웃는 낯으로 손가락을 들어서 제갈상린을 가리켰다.

"나는 다른 누구도 아닌 너를 두고 하는 말이다. 그럼 된 거지?"

"……!"

제갈상린이 일순 말문이 막힌 듯 대답하지 못했다.

천이탁이 그 순간에 다시 말했다.

"야, 지금 네가 정말 이 상황이 똥인지 된장인지 모르는 모양인데, 나 지금 네 목숨 따위를 구하자고 이러는 거 아냐. 너야 죽든 말든 내가 상관할 바 아닌데, 저들과 무림맹이 척지는 건 정말 걱정이 돼서 이러는 거지. 너는 그냥 죽어 버리면 땡이지만, 그 뒤치다꺼리는 제갈세가가 아니라 제갈세가 할아버지 가문이 나서도 정말 쉽게 해결되지 않을 거거든."

제갈상린은 도무지 모르겠다는 표정으로 제갈명 일행과 천이탁 등을 번갈아 보았다.

명색이 통일 개방에서 핵심적인 역할을 수행하는 장로와 소장파의 선두 주자가 주장하는 얘기니 분명 자신이 모르는 무언가가 있다는 뜻이었다.

그런데 도대체가 그것이 무엇인지 알 도리가 없어서 그야말로 미치고 발딱 뛸 노릇이었다.

그때 제갈상린의 방황에 종지부를 찍어 줄 새로운 목소리가 들려왔다.

"사실이오. 천 형의 말이 정확하오. 제갈 형이 여기서 물러나지 않으면 제갈 형의 생사는 차치하고, 장차 무림맹의 하늘에 그늘이 드리워질 거요."

파면개와 천이탁이 비둘기처럼 쪼그리고 앉아 있는 담장을 마주 보는 반대편 담장이었다.

세 명의 사내가 올라서 있었다.

모두가 첫눈에 알아본 그들은 바로 화산파의 속가 제자들 중에서 손가락 손가락에 꼽히는 젊은 고수인 독화랑 사공척과 그 측근의 한 사람인 무영삭 모자추였다.

장내의 모든 시선이 쏠리자, 말문을 닫았던 사공척이 한결 진중해진 눈빛으로 제갈상린을 직시하며 가슴을 쳤다.

"소림속가 제자의 명예를 걸고 장담할 수 있소!"

제갈상린은 파리해진 낯빛으로 전전긍긍했다.

그는 실로 구석에 몰린 쥐와 같은 형국인 자신을 느꼈다.

이제 파면개나 사공척의 말이 사실이든 사실이 아니든 간에 순순히 물러날 수밖에 없었다.

그는 이제 더 이상 제갈명을 몰아붙일 수 없었다.

개방만으로도 버거운데 화산파까지 더해진 마당이라 다른 도리 없이 물러나야 했다.

그뿐 아니라, 이제는 왜 제갈명을 죽이려 했는지 명분을 만들기 위해서 골머리를 싸매야 하는 지경이었다.

개방은 물론, 화산파도 그 어떤 강호의 방파들보다도 명분을 중시하는 구파 일방의 일원이었기 때문이다.

"알겠습니다. 무림맹과는 무관한 지극히 사사로운 가문의 일이긴 하나, 이렇듯 선배들께서 극구 만류하시니. 후배가 어찌 더 고집을 부릴 수 있겠습니까. 물러나도록 하겠습니다."

제갈상린은 공수한 채로 최대한 공손하게 파면개와 사공척을 번갈아 보며 말했다.

그러는 와중에 잠시 잠깐 스치는 제갈명의 시선을 강렬하게 쳐다보는 것으로 어떻게든 자신의 경고가 전달될 수 있도록 최선을 다했다.

네 입에서 조금이라도 허튼소리가 나오면 누이 제갈향의 안위가 크게 위태로울 것이라는 경고였다.

다행스럽게도 그의 경고가 제대로 전달된 것 같았다.

제갈명이 그를 노려보며 지그시 입술을 깨물고 있었다.

분하지만 그가 전달하려는 경고를 정확히 파악한 태도로 보였다.

제갈상린은 아쉬우나마 그것으로 만족하며 물러났다.

"그럼 저는 이만……!"

제갈상린과 제갈가의 무사들이 사라지기 무섭게 천이탁이 곱지 않은 시선으로 사공척을 쳐다보며 물었다.

"어떻게 안 거야?"

"나야 당연히 대문지기가 우리 애들이니까 알았지."

사공척이 당연한 걸 다 묻는다는 식으로 대수롭지 않게 대꾸하고는 이내 두 눈을 가늘게 뜨고 마주 노려보며 반문했다.

"그러는 너야말로 어떻게 안 거냐?"

천이탁이 짐짓 눈을 부라렸다.

"너 지금 개방 무시하냐? 중원의 구석구석을 파악하는 정보력을 가진 우리 개방이 고작 무림맹 내에서 벌어지는 일 하나 모를 것 같아?"

사공척이 삐딱하게 바라보며 대꾸했다.

"개방은 몰라도 너는 무시할 만하지. 거기가 어디든 가는 곳마다 사고를 치잖아."

천이탁이 애써 입가의 미소를 지우지 않고 반박했다.

"흐흐, 집 쫓겨난 개처럼 갈 곳이 없어서 무림맹으로 기어들어온 주제에 입은 살아서 그런 말을 잘도 하는구나."

사공척이 억지로 웃으며 혀를 찼다.

"그래도 하도 사고를 쳐서 사부에게 백일 근신 명령 받고 밑에 애들 뒤치다꺼리나 해 주는 너보다는 내가 낫지."

천이탁이 어금니를 악물고 미소를 그리며 고개를 저었다.

"아니, 무슨 그런 소리를…… 아직 제대로 된 보직이 없어서 대문이나 지키는 애들 뒤치다꺼리하는 너보다 내가 더 낫지."

사공척이 정말 입으로만 웃으며 말했다.

"너 아직도 황보 소저의 꽁무니를 따라다닌다면서?"

천이탁이 한 방 맞은 표정이다가 이내 억지로 입가의 미소를 회복하며 대꾸했다.

"넌 아직도 밤마다 엉덩이에 쑥 찜질한다며? 예전에 제검협 마진 대협에게 걷어차인 데가 아직도 쑤셔서?"

"오, 이제 네가 정말 선을 넘는구나?"

"먼저 선을 넘은 게 누구인데 그래?"

사공척과 천이탁이 서로만을 노려보며 성난 황소처럼 서서히 가까워지고 있었다.

파면개가 그 사이로 끼어들며 악을 썼다.

"또냐? 또 지랄이야?"

그랬다.

요컨대 사공척과 천이탁은 제갈상린이 천이탁에게 느끼는 열등감과는 또 다른 자격지심을 서로가 서로에게 가지고 있어서 만날 때마다 매번 이렇듯 으르렁거리는 사이였다.

사공척과 천이탁이 파면개의 일갈에 정신을 차리며 딴청을 부리는데, 파면개가 혀를 차며 재우쳐 말했다.

"봐라, 너희들 꼴 보기 싫어서 쟤 그냥 간다."

제갈명은 남몰래 사도와 흑영에게 눈짓하며 발길을 옮기다가 그대로 멈추었다.

파면개의 말처럼 툭탁거리는 사공척과 천이탁의 꼴을 보기 싫어서는 아니지만, 괜히 얽혀서 좋을 것이 없을 것 같아 그냥 조용히 자리를 뜨려고 했던 것이다.

"그러지 말고……."

파면개가 가뜩이나 이래저래 생각이 많아져서 머리가 복잡한 제갈명의 곁으로 와서 소매를 잡고 끌었다.

"같이 가자."

제갈명은 얼떨결에 따라가며 물었다.

"어디를요?"

"어디긴 어디야?"

파면개가 히죽 웃으며 발길을 재촉했다.

"무림맹이지."

제갈상린은 허겁지겁 무림맹으로 돌아가서 아버지 제갈허탁에게 자신이 보고 겪은 모든 상황을 이야기해 주었다.

제갈허탁은 대체 이게 무슨 황당한 일인지 모르겠다며 이해를 못하다가 점차 심각해졌다.

제갈상린의 얘기는 제갈명에게 그가 모르는 신분이 있다는 것을 말해 주고 있었다.

그러나 그것보다 더 심각한 일은 그처럼 그가 모르는 제갈명의 본색을 파면개나 사공척 등이 알고 있다는 사실이었다.

이건 결코 가볍게 치부할 수 없는 일이었다.

제갈명에 대한 것은 자칫 그에게, 아니, 그의 가문인 제갈세가에게 치명적일 수도 있기 때문이다.

"나는 아버님께 가 볼 테니, 넌 지금 당장 향이에게 가서 명이 그놈에 대해 무언가 아는 것이 있나 눈치껏 떠보거라!"

제갈허탁은 대번에 아들 제갈상린과의 대화를 끝내며 자리를 털고 일어났다.

일찍이 버린 조카인 제갈명에 대한 것은 아버지 제갈현도에게조차 비밀을 유지했던 상황인지라 이제 와서 굳이 드러낼 필요는 없었다.

하지만 상황이 이러니 확인은 해 봐야 했다.

만에 하나 아버지 제갈현도가 제갈명에 대해서 그가 모르는 것을, 더 나아가서 그간 그가 애써 드러내지 않고 있던 것들을 이미 알고 있다면 그건 또 그것대로 그에게 치명적인 재앙이었다.

천애유사 제갈현도는 그의 아버지이기 이전에 완전무결을 추구하는 제갈세가의 가주로, 설령 상대가 자신의 핏줄인 자식이라도 결코 실수를 용납하는 사람이 아니기 때문이다.

그러나 제갈상린을 제갈향에게 보내고 서둘러 제갈현도의 거처로 달려가던 제갈허탁은 그보다 더 중요한 사태가 발생했음을 알게 되었다.

제갈현도의 거처로 가는 도중에 우연히 마주친 공동파의 장로 현천상인이 그와 같은 사실을 말해 주었다.

"이리 분주한 것을 보니, 제갈 소가주도 이미 아는 모양이군 그래."

"예?"

"풍잔에서 사람이 왔다고 하던데, 지금 그것 때문에 제갈 소가주가 이리 분주한 것 아니었나?"

풍잔이라는 이름은 들어 보았다.

무림맹주와 구파 일방의 장문인들이 주축을 이루는 무림맹의 수뇌부 회의에서 총력을 기울여 포섭하는 것으로 결정을 내린 강호 무림의 방파들 중에서 최고 상위 서열에 들어가 있는 이름이었다.

생경한 이름이라 군사인 아버지 제갈현도에게 물었더니, 중원 무림의 변방에 속하는 감숙성에서 일어난 흑도 세력인데, 최근 우후죽순처럼 생겨난 신흥 방파들 중에서 선두를 달리고 있다는 얘기를 들었다.

한데, 지금 왜 이 순간에 그 이름이 나오고, 또 왜 그의 분주함이 그 이름과 연결된다는 것일까?

"대체 지금 무슨 말씀을 하시는 건지……?"

"뭐야? 정말 모르나? 그 사람 성씨도 제갈이라서 난 또 제갈세가와 관련이 있는 줄 알았더니만, 그게 아니었나?"

제갈허탁은 왠지 모를 불길한 기운이 온몸으로 엄습하는 것을 느끼며 물었다.

"그 사람 이름이 뭔데 그러십니까?"

"이름도 몰랐나?"

현천상인이 정말 뜻밖이라는 표정으로 바라보며 말해 주었다.

"제갈명이네. 강호에선 꽤나 여우처럼 놀아서 비취호리라고 불렸는데, 어떤 인연이 있었는지는 몰라도 지금은 풍잔의 군사일세. 그것도 꽤나 오래되었지 아마?"

제갈허탁은 벼락에 맞은 사람처럼 그대로 굳어져서 크게 부릅떠진 두 눈을 끔벅거렸다.

현천상인이 그런 그를 이상하게 보았다.

"아니, 왜 그러나?"

"아, 아닙니다. 그냥 제가 못 들어 본 얘기라서……."

"그런가? 아무튼, 그럼 어서 볼일 보게나. 혹시 모르니 여유가 되면 제갈 군사에게도 전해 주고. 지금 개방 방주를 포함한 몇몇 명숙들이 만나고 있다는데, 듣자 하니 정식으로 방문한 것 같지는 않지만, 나는 예전에 어찌어찌 인연이 좀 있어서 얼굴이나 보려던 참이었거든."

"아, 예. 알겠습니다. 어서 가 보십시오."

제갈허탁은 안 그래도 마음이 조급해진 참이라 서둘러 인사하고는 현천상인이 발길을 옮기기도 전에 먼저 돌아섰다.

다급히 발길을 재촉하는 그는 이젠 정말 자신이 치도곤을 당하는 한이 있더라도 모든 상황을 아버지 제갈현도에게 말해야 한다고 작심하고 있었다.

같은 시간, 현천상인의 말마따나 제갈명은 개방 방주를 위시한 서너 명의 정도 명숙들과 함께 있었다.

파면개와 천이탁의 억지에 져서 무림맹으로 들어왔고, 본의 아니게 객청이 아닌 개방 방주의 거처까지 들어서게 된 것이다. 정확히 말하면 개방 방주의 거처가 아니라 개방 방주들의 거처였다.

작금의 개방은 아직 통일 개방의 방주를 뽑지 않아서 남북 쌍개가, 바로 북개방의 방주였던 홍염개 이건과 남개방의 방주였던 대선풍 황칠개 혹은 손가락이 아홉 개라 구지신개라고도 불리는 적봉이 공동 방주 체제를 시행하고 있었다.

그런데 우습지 않게도 만났다 하면 아웅다웅하는 그들, 두 사람이 무림맹에서는 같은 방을 쓰고 있었던 것이다.

그러나 지금 장내의 자리에서 제갈명을 가장 거북하게 하는 것은 그들, 남북 쌍개가 아니었다.

역시나 그의 뜻과 무관하게 동석한 서너 명의 정도의 명숙들이 문제였다.

그들이 바로 현 화산파의 장문인인 정인진인보다 무려 세 단계나 높은 항렬인 경빈진인과 명실공히 화산파를 대표하는 검객들로 알려진 화산칠검의 수좌인 적엽진인 등이었기 때문이다.

그들 앞에선 무림 팔수의 하나인 천이탁이나 화산 속가에 손꼽히는 고수라는 사공척 등은 말할 것도 없고, 취죽개와 파면개 등 몇몇 개방의 장로들조차 자리를 양보하고 뒤로 물러나 앉아 있을 정도였으니, 제갈명의 입장에서는 정말이지 좌불안석이 따로 없었다.

게다가 제갈명은 그와 같은 위화감에 더해서 대화의 주제나 흐름도 감당하기 버거웠다.

경빈진인 등은 그를 설무백의 명령을 받고 나선 풍잔의 대표로 생각했다.

분명하게 아니라고 밝혔음에도 그들은 좀처럼 믿지 않고 의심했다. 그리고 그건 그의 답변이 궁색해서 그럴 수밖에 없는 일이었다.

"설 소협이, 아니, 대당가라고 해야 하나? 아무튼, 그 설 아무개 친구가 보내서 온 것이 아니란 말인가?"

"예."

"풍잔의 군사로서 무림맹의 동향을 살피러 온 것도 아니고 말이지?"

"예."

"그럼 대체 자네가 무림맹을 찾아온 이유가 뭐라는 건가? 얘기를 듣자하니 그냥 지나가던 길도 아니라고 하던걸?"

"아, 예. 그게 그렇긴 한데, 지극히 개인적인 일이라 이 자리에서 밝히는 좀 곤란합니다. 부디 어르신들께서 너그럽게 이해해 주십시오."

제갈명은 이미 등줄기는 축축하게 젖었고, 이마에 송골송골 맺히는 식은땀을 닦느라 연신 소매로 이마를 훑고 있었다.

실로 애처롭다 못해 가여운 모습이었다.

그래서인지 경빈진인이 마침내 더는 추궁하지 않고 물러나 앉았다.

그러나 작금의 강호 무림에서 알아주는 괴걸(怪傑)들로 통하는 통일 개방의 두 방주, 홍염개와 황칠개는 가차 없이 핵심을 찌르고 들어왔다.

"너그럽게 이해하고 넘어가도록 하지. 하나만 제대로 얘기해 주면."

"나도."

"자네는 제갈세가와 무슨 관계인가?"

"내 얘기도 그걸세."

제갈명은 못내 불편해진 기색으로 길게 한숨을 내쉬었다.

이제 슬슬 짜증이 일어나고 있었다.

홍염개와 황칠개는 뻔히 그런 그의 기색을 읽은 눈치면서도 거듭 가차 없이 한마디씩 더했다.

"자네 사정도 있지만 우리 사정도 있어서 이러는 것이니, 부탁하네."

"앵무새처럼 따라 하는 것 같아 미안하네만, 내가 하려던 말도 같네. 풍잔의 군사로서 대답하지 못하겠다면 그냥 비취호리 제갈명으로서 대답해 주게. 제갈세가와 무슨 관계인가?"

제갈명은 아랫입술을 내밀어서 훅 하고 바람을 부는 것으로 앞으로 내려졌던 머리카락을 뒤로 넘겼다.

대놓고 드러낸 불쾌함이었다.

가뜩이나 내내 안 와도 될 곳을 괜히 와서 고생을 샀구나 하는 불편한 마음이 들었지만, 애써 참았다.

죄인도 아닌 그를 죄인처럼 다그치는 경빈진인 등의 태도가 어째 도를 넘는 것 같다는 기분이 들어서 슬슬 짜증이 나는데도 억지로 꾹꾹 눌러서 드러내지 않았다.

그건 지금 장내에 있는 경빈진인 등의 위화감에 압도되어서가 아니었다.

그런 면이 아주 없다면 거짓말일 테지만, 그에 앞서 오직 풍잔과 무림맹의 사이가 그로 인해 틀어질 것을 우려해서였다.

그런데 이제 대체 뭐 하는 짓인가?

장난처럼 그를 가지고 노는 것 같지 않은가?

당연한 그와 같은 그의 마음을 뻔히 알 텐데도 애써 물러나지 않고 이렇게 나오는 것은 정말 선을 넘는 짓이었다.

여기서 더 참으면 그가 아니라 풍잔이 우습게 보일 수도 있다는 생각이 들어서 참을 수가 없었다.

사실 그도 굴렀다면 굴렀고, 놀았다면 놀아 본 사람이었다.

요컨대 죽을 때 죽더라도 언제까지 놀란 토끼처럼 눈치만 보고 있을 겁쟁이가 아닌 것이다.

'인생 한 번 살지, 두 번 사냐!'

제갈명은 내심 지난날 비취호리 시절의 좌우명을 외치며 얼음처럼 싸늘하게 식은 눈빛으로 홍염개와 황칠개를 바라보았다. 그리고 보란 듯이 입가를 일그러뜨리며 내뱉듯 말했다.

"정 그리 원하신다면 대답해 드리지요. 물론 풍잔의 군사로서 말입니다. 대신 두 분께서 한 가지 각오를 좀 해 주셔야겠습니다."

"각오라니? 무슨 각오?"

"그야 당연히 책임질 각오지요. 제 대답을 듣고 나면 그에 따르는 책임을 지셔야 할 거라는 소립니다."

"우리가 말인가?"

"두 분이 아니라 개방이겠지요. 어쩌면 무림맹이 될 수도 있겠고요. 두 분은 무림맹의 정보와 감찰을 책임지는 개방의 수장들이시니, 어차피 개방과 무림맹은 한 몸이나 다름없지 않겠습니까."

두 사람, 홍염개와 황칠개 중에서 상대적으로 보다 더 강퍅한 인상인 황칠개가 냉소를 머금었다.

"협박으로 들리는 걸?"

천외천의
주인

제갈명은 냉담하게 대꾸했다.

"아직 협박을 한 것은 아니죠. 이제 할 참입니다."

황칠개가 차게 웃으며 턱짓을 했다.

"어디 한번 들어나 보지. 자네 말을 듣고 나면 대체 우리가 어떤 책임을 져야 한다는 건가?"

제갈명은 대수롭지 않게 말했다.

"풍잔은 무림맹과 거리를 두는 대신, 흑도천상회를 지원하게 될 겁니다. 그에 대한 책임을 질 각오만 하시면 됩니다."

황칠개의 안색이 급변했다.

아니, 그만이 아니라 장내의 모든 사람들이 한 대 맞은 표정으로 제갈명을 바라보고 있었다.

그도 그럴 것이, 흑도천상회는 무림맹의 예하로 들기를 거부한 거대 흑도들을 주축으로 뭉친 흑도 세력이었다.

최근 무림맹에서 가장 중요한 화두이자 예민한 문제를 제갈명이 건드린 것이다.

즉각 반응이 나왔다.

"말이 너무 지나치지 않나!"

좌중 모두가 불쾌한 기색이었으나, 굳이 입을 열어서 제갈명을 질타하고 나선 것은 파면개과 더불어 통일 개방의 장로에 속하는 화진개(火眞丐)였다.

황칠개의 사제 중 하나인 그는 황칠개만큼이나 성마른 기질로 유명했는데, 지금도 가장 먼저 참지 못하고 나선 것이었다.

다만 행동이 조금 과했다.

성이 나서 참을 수 없었는지 자리를 박차고 일어났다.

가뜩이나 황칠개 곁에 앉아 있어서, 즉 전면에 나서 있던 사람이 불시에 일어나자 상당한 위협으로 보였다.

순간, 제갈명의 곁에 앉아 있던 사도와 흑영이 즉각 칼을 뽑아들었다.

이 자리가 어떤 자리이든지간에 그들이 가진 최고의 명제는 제갈명을 지키는 것이기 때문에 그건 당연한 반응이었다.

다만 그들이 칼을 뽑고 나섬으로 해서 그들처럼 나서는 것이 당연한 사람이 장내에는 적지 않았다.

경빈진인의 곁에 앉아 있던 화산칠검의 수좌 적엽진인과 무허를 포함한 화산파의 직전 제자들, 그리고 사공척을 위시한 속가 제자들이 바로 그들이었다.

"무엄하다!"

적엽진인의 매서운 일갈과 동시에 쾌속하게 검을 뽑아낼 때 일어나는 예리한 검명(劍鳴)이 연이어 이어졌다.

장내의 살기가 걷잡을 수 없이 비등하고 있었다.

인자무적仁者無敵 (5)

작은 눈에 주먹코, 밋밋한 턱, 넙대대한 얼굴이 고집스러운 인상을 주는 황칠개가 눈으로 웃으며 제갈명을 보았다.

이젠 어쩔 테냐 하는 표정이었다.

제갈명은 못내 난색을 띠었다.

사도와 흑영이 이런 식으로 격하게 반응하는 것은 그의 예상에 없던 일이었다.

그렇다고 수습을 한답시고 뒤늦게 그가 고개 숙여 사과하고 물러나는 것은 말이 안 됐다.

그건 그 자신의 자존감은 물론, 지금과 같은 상황에서도 그를 지키려고 칼을 뽑아 든 사도와 흑영을 욕보이는 짓이었다.

특히 사도에게는 당장에 무릎을 꿇고 사과를 해도 모자랐다.

지난날 사도는 내막이야 어쨌든 남북전쟁의 회오리 속에서 정도 명숙들의 칼날 아래 가문과 아버지를 잃은 사람이었다.

그런 사람이 지금 주군 설무백의 명령을 지키기 위해 복수심조차 억누른 채 오직 그를 지키는 데 주력하고 있는 것이다.

내색은 삼가고 있으나, 얼마나 분할까?

얼마나 가슴이 미어지고 또 얼마나 뼈가 시릴까?

제갈명은 그 생각을 하자 정신에 불이 들어오는 것 같았다.

그 자신은 미처 아직 깨닫지 못하고 있었으나, 새로운 각성이었다.

동시에 그는 말문을 열었다.

"제 말이 지나치면 얼마나 지나치고, 이들이 무엄하면 또 얼마나 무엄하다는 겁니까? 내가 보기엔 초대라는 말로 속여서 사람을 데려다 놓고 예의도, 격식도 없이 이렇듯 사람을 쥐 잡듯이 몰아붙이는 여러분들이 백 번 더 지나치고 천 번 더 무엄한 것 같은데, 아닙니까?"

틀린 말이 아니었다.

하지만 불쾌한 감정을 담아서 사도 등을 노려보며 살기를 드러낸 장내의 시선은 조금도 가라앉지 않았다.

그들에겐 그건 그것이고, 이건 이것이었다.

늘 자신이 다른 사람을 통솔하거나 이끄는 힘을 가지고 있다는 인식으로 판단하는 권위적인 의식의 발로였다.

소위 나는 되지만 너는 안 되는 것이다.

삼엄하게 자리를 박차고 나섰던 적엽진인이 나름 순화된 표현으로 그와 같은 그들의 감정을 변명했다.

"말과 행동은 다르지 않나! 어른들이 계시는 자리에서 칼을 뽑아 드는 건 용납하기 어려운 일이다!"

제갈명은 냉소를 날렸다.

"어른들 계시는 자리에서 그리 위협적으로 자리를 박차고 일어나는 것은 괜찮은 건가요? 아니, 그건 행동이 아닌 겁니까?"

적엽진인이 침묵했다.

말문이 막힌 표정이었다.

제갈명은 보란 듯이 코웃음을 치며 냉정하다 못해 싸늘하게 변해 버린 눈빛으로 좌중을 둘러보았다.

"이유 여하를 막론하고 어차피 저의 질문에 대답만 하면 되는 상황이었습니다. 그것도 여러분들의 묵인 아래 그런 지경까지 간 겁니다. 그 상황을 이리 험악하게 몰고 간 것이 누굽니까? 접니까?"

여전히 대답은 없었다.

대신에 싸늘하던 장내의 기류가 흔들렸다.

때를 같이해서 침묵하고 있던 경빈진인이 슬쩍 고개를 돌려서 검을 뽑아 들고 있는 적엽진인 등을 둘러보며 말했다.

"수긍이 가는 말이면 냉큼 물러나지 않고 뭐 하는 게야? 하등 쓸데없는 아집으로 일을 망칠 셈이냐?"

적엽진인이 화들짝 놀라며 검을 거두었다.

사공척 등 화산 속가들도 앞 다투어 검을 거두고 물러났다.

경빈진인이 그 모습을 둘러보며 자리를 털고 일어났다.

"노도는 피곤도 하고, 여기 더 있어 봤자 좋을 것도 없을 것 같으니, 이만 물러가겠소. 남들은 늙으면 초저녁잠이 없어진 다는데 노도는 오히려 초저녁잠이 늘어서 이 시간만 되면 아주 죽겠어서 말이오. 정말 갈 때가 된 건지 원⋯⋯."

시종일관 침묵을 지키고 있던 무허가 재빨리 일어나서 경빈진인을 부축했다.

적엽진인과 사공척 등 모든 화산 문하가 묵묵히 경빈진인 의 뒤를 따랐고, 장내의 모두가 자리에서 일어나서 예를 취하 는 것으로 배웅했다.

제갈명도 따라 일어나는 것으로 예를 취했고, 사도와 흑영 도 재빨리 검극을 뒤로 돌려 숨기는 것으로 나름 예를 취했다.

사생결단의 모습이던 사도와 흑영도 경빈진인의 동의에 적 잖게 마음이 풀어진 기색이었다.

적엽진인이 길잡이를 자처하며 앞으로 나서서 대청의 문을 열었다.

대청의 문밖에는 적잖은 사람들이 몰려 있었다.

공동파의 장로인 현천상인 등 무림맹에 속한 명문 정파의 명숙들이었다.

그들, 명숙들이 갑자기 열린 문을 따라 앞으로 쏠렸다가 서둘러 뒤로 물러났다.

"왔으면 들어오지 예서 뭣들 하고 있나?"

경빈진인이 대청 문밖의 명숙들을 향해 끌끌 혀를 차다가 이내 슬쩍 고개를 돌려서 제갈명을 쳐다보고 웃으며 말했다.

"이게 다 자네가 받드는 사람의 유명세인 거니, 자네가 이해 하게. 이해를 못 하겠으면, 적어도 노도는 거기서 빼 주게나. 노두는 그 친구와 잘 지내보고 싶은 사람이니까."

제갈명은 선뜻 뭐라고 대답할 수가 없었다.

경빈진인이 그의 대답을 기다리지 않고 돌아서서 발길을 재촉하며 문가의 명숙들에게 눈총을 주었다.

"볼일 있으면 어서 들어가고, 볼일 없으면 어서 돌아가 이 사람들아!"

경빈진인 등이 그렇듯 발길을 재촉해서 자리를 떠나기 무섭게 홍염객이 손을 털며 돌아섰다.

"나도 이만 빠지도록 하지. 혹시나 해서 한번 찔러 본 건데, 저리 심각하게 나오니 별수 없지. 고작 남의 집안 사정을 알자고 사신과 척지고 싶지는 않으니까."

황칠개가 한 대 맞은 표정으로 홍염객을 노려보며 일갈했다.

"지금 네가 그러면 내가 뭐가 되냐?"

장내의 그 누구보다도 냉정한 신색으로 침묵하고 있던 취죽 개가 기다렸다는 듯이 끼어들었다.

"뭐가 되긴요. 그냥 같이 빠지겠다고 하면 되지요. 그럼 아무 일도 없게 되는 겁니다."

"그게 그렇게 되는 건가?"

황칠개가 마지못한 표정으로 수긍하며 입맛을 다셨다.

취죽개와 마찬가지로 침묵하고 있던 파면개가 그건 아니라는 듯 고개를 절레절레 흔들며 나섰다.

"그건 아니지요. 그것만으로는 안 됩니다. 다들 그렇게 저마다 멋대로 혼자서 끝내 버리시면 저 친구를 애써 구슬려서 데려온 제 얼굴은 뭐가 됩니까?"

파면개는 말을 하고 나니 더욱 열불이 나는 듯 적잖게 흥분한 모습으로 바닥에 털썩 주저앉으며 언성을 높여서 덧붙였다.

"제 얼굴에만 똥칠하고 이렇게 끝낼 수는 없습니다! 해서, 저는 어떤 식으로든 끝장을 봐야겠습니다! 파국이든 뭐든 가시던 길 계속 그냥 가셔서 피를 보시든가, 아니면 정중히 사과를 하시고 이 자리를 파해서 다른 객들이 끼어들 여지를 없애주시든가 양단간에 결정을 내주십시오!"

자리가 자리인지라 감히 나서지 못하고 눈치만 보던 천이탁도 이때다 싶은 기색으로 파면개를 거들었다.

"저도 막 장로님과 같은 생각입니다! 저 친구가 여기 온 데에는 엄연히 제 몫도 있으니까요!"

밖으로 나가다가 발길을 멈춘 홍염개가 그게 무슨 대수냐는 듯 보란 듯이 두 팔을 걷어붙이고는 제갈명을 향해 정중히 공수하며 말했다.

"미안하네, 제갈 소협. 내가 생각이 짧은 관계로 제갈 소협이 사적으로 무림맹을 방문했다는 소리를 도저히 믿기 어려워서 잠시 트집을 잡아 본 것일 뿐, 실로 다른 의도는 없었으니, 제갈 소협이 너그럽게 이해해 주시게나."

제갈명은 사과하는 홍염개의 태도가 너무 정중해서 오히려 선뜻 대응을 못하고 바라만 보았다.

그사이 잡아먹을 듯한 눈초리로 홍염개를 노려보던 황칠개가 거짓말처럼 웃는 낯으로 돌아가서 그를 향해 공수했다.

"사실 나도 그런 걸세. 요즘 같은 시기에 제갈 소협 같은 인물이 무림맹을 찾아오는 것은 참으로 복잡 미묘한 일이 아닐 수 없는 것이라, 이 걸개가 전에 없이 조금 과하게 나댄 면이 없지 않아 있는 것일 뿐이니, 제갈 소협이 너그럽게 이해해 주시게."

제갈명은 정신을 차렸다.

남북 쌍개의 사과가 어느 정도의 진심을 담고 있는지는 알 수 없으나, 적어도 그 속에 담긴 의미가 그의 정신을 새롭게 일깨워 주었다.

몰랐는데, 작금의 강호 무림에서 풍잔의 위상은 그의 상상을 뛰어넘었다.

누구 말마따나 뜨내기 사기꾼에 불과했던 그가 고작 등장만으로, 명실공히 입김만으로도 강호 무림을 들썩이게 하는 명숙들에게 이처럼 지대한 관심을 받는 데에는 그것 말고 다른 이유가 없었다.

그렇다면 그도 거기에 걸맞은 행동을 보여야 할 것이다.

"아닙니다. 저야말로 정말 죄송스럽기 짝이 없습니다. 제가 아직 이래저래 서툴러서 두 분의 의중조차 헤아리지 못하고 험한 말을 했습니다. 부디 너그럽게 이해해 주십시오."

황칠개가 이런 또 다른 측면에서 의외라는 표정으로 홍염개와 시선을 교환하더니, 이내 활짝 웃으며 대꾸했다.

"좋네. 그럼 오늘 일은 우리 서로 비긴 것으로 하세."

홍염개도 그냥 가지 않고 더 없이 정중한 태도로 장내를 정리했다.

"다들 들었다시피 애초에 제갈 소협은 지극히 사적인 일로 근방에 왔다가 우연찮게 예전부터 친분을 가지고 있던 우리 파면개 막 장로와 여기 취죽개의 제자인 천이탁을 만나서 회포를 풀려고 잠시 무림맹에 들렀을 뿐이오. 하니, 다들 그만 돌아가 주시면 고맙겠소. 부탁하오."

황칠개도 거들었다.

"저도 부탁하겠소. 괜한 수선을 피우는 건 철모르는 우리 두 노걸개만으로도 충분하지 않소."

소식을 듣고 문밖에 모여든 사람은 공동파의 현천상인처럼 각파의 장로급인 고수들만 얼추 이십여 명이 넘었다.

다만 그들 중 누구도 전에 없이 정중하게 나선 남북 쌍개의 부탁을 거절할 수 있는 사람은 없었다.

현천상인 등, 소식을 듣고 모여 든 각파의 인사들은 그렇듯 울며 겨자 먹기 식으로 발길을 돌렸다.

그리고 홍염개와 황칠개 등도 파면개와 천이탁만을 남겨 둔 채 그들의 뒤를 따라서 사라졌다.

사과의 의미라면 자신들의 방을 제갈명 등에게 내준 것이다.

"들었냐? 우리 파면개 막 장로란다."

파면개가 정말 어이없다는 투로 한마디 하고는 슬쩍 천이탁에게 시선을 주며 재우쳐 물었다.

"너 언제 우리 홍 방주님 입에서 저런 소리 나오는 거 한 번이라도 들어 봤냐?"

천이탁이 키득거리며 웃었다.

"여기 계신 제갈 군사와 친한 것 같으니까 대우해 주는 거잖아요. 알아서 잘 처신하는데 왜 그래요. 킥킥……!"

파면개가 보란 듯이 제갈명을 향해 굽실거렸다.

"풍잔의 군사 나리. 앞으로 잘 부탁드리겠소이다."

당연하게도 장난임을 알기에 지켜보던 천이탁은 연신 킥킥대며 웃었고, 사도와 흑영도 미소를 짓고 있었다.

그러나 제갈명은 달랐다.

그는 전혀 웃지 않고 있었다.

아니, 정확히 말하면 그는 남북 쌍개가 방문을 기웃거리는 여타 명숙들을 쫓아내 준 다음부터 줄곧 무심하고 무표정한 얼굴로 굳어진 모습이었다.

뒤늦게 그의 태도를 인지한 좌중이 조용해졌다.

파면개가 고개를 갸웃거리며 물었다.

"왜 그래?"

깊은 상념에 빠져 있던 제갈명은 그래도 정신을 차리지 못했다.

파면개가 그런 그의 옆구리를 찔렀다.

제갈명은 그제야 정신을 차리며 파면개를 보았다.

"예?"

파면개가 실소하며 물었다.

"무슨 생각을 그리 골똘히 하는 거야?"

"아니요. 그냥 좀 제 생각과 많이 달라서요."

"그러니까, 뭐가 그렇게 다른데?"

"풍잔의 위상이요."

"풍잔의 위상이 어쨌다고?"

"생각보다 대단한 것 같아서요."

"뭐?"

파면개가 황당하다는 표정으로 제갈명을 바라보다가 이내 그럴 수도 있겠다 싶은 표정을 지으며 고개를 끄덕였다.

"하긴 그럴 수도 있겠네. 등잔 밑이 어둡고, 자기 소문은 자기가 가장 늦게 듣는 법이니까. 아무리 그래도 그렇지, 뭘 그리 놀라서 그렇게 정신없어 해?"

"아니, 나는 그저……."

"알겠다."

사도가 불쑥 나서서 제갈명의 대답을 가로챘다.

"정신이 없는 것이 아니라 이제야 정신을 차린 거야. 그래서 이제야 비로소 자신의 위치가 제대로 보이는 바람에 마음이 싱숭생숭해진 거지. 맞지?"

제갈명이 사도에게 시선을 주며 반문했다.

"하고 싶은 말이 뭐예요?"

사도가 웃는 낯으로 말했다.

"사실 나는 군사가 아까 낮에 제갈허탁을 만나서 하는 행동이 되게 웃겼어. 얼마든지 거만을 떨어도 되는데 절절 매는 꼴이 말이야."

제갈명이 항변했다.

"그거야 당연히 내 힘으로 해결하고 싶어서 그런 거죠. 적어도 누이에겐 그런 오라버니이고 싶어요, 나는!"

사도가 같잖다는 듯 쳐다보며 웃었다.

그러나 대답은 그가 아니라 다른 사람의 입에서 나왔다.

"그러니 우습지. 얼간이 등신이라서."

흑영이었다.

제갈명이 시선을 돌려서 흑영을 바라보았다.

앞서 사도를 바라볼 때도 그랬지만, 흑영을 바라보는 그의 눈빛에는 분노는커녕 조금의 격한 감정도 담겨 있지 않았다.

그들만의 자리가 시작되기 전부터 그는 달관 혹은 초연함과 유사한 비정상적인 분위기를 풍기고 있었다.

그는 그 상태 그대로 물었다.

"왜 그렇게 생각하죠?"

흑영이 대답 대신 한순간 움찔했다.

순간적인 움직임이 그런 느낌을 준 것인데, 그의 움직임은 발검이었다.

아무런 소리도 없이, 그 어떤 발광도 없이 뽑혀진 그의 검극이 어느새 그림처럼 제갈명의 목에 달라붙어 있었다.

장내의 모두가 놀라서 굳어졌다.

제갈명이나 사도는 차치하고, 파면개와 천이탁의 경우는 너무 놀란 나머지 새파랗게 질린 얼굴이었다.

흑영이 갑자기 검을 뽑았다는 사실도 놀랐지만 그들을 놀라게 하는 것은 따로 있었다.

바로 흑영이 펼친 발검술의 신위가 그들을 경악하게 만들었다.

분명 그들은 뻔히 보고 있었음에도 불구하고 흑영의 검이 언제 어느 때 뽑혀져 제갈명의 목에 대어진 것인지 전혀 보지 못했다.

흑영이 그런 그들의 반응에 아랑곳하지 않고 냉정하게 가라앉은 목소리로 말했다.

"내가 검산의 허풍선 곽진이던 시절에 주군께서 사사해 준

천외천의
주인

좌수쾌검의 진수인 월인이다. 주군께서 주셨지만 이젠 온전한 내 힘이다. 그래서 주군을 위해 쓸 수 있게 되었지."

흑영이 느긋하게 천천히 검을 회수하며 말을 덧붙였다.

"그런데 너는 주군 때문에 얻은 것이라는 이유로 풍잔의 군사로서의 자각이 전혀 없이 행동하고 있다. 내 눈에 그건 누이를 아낀다는 네 마음이 하찮게 느껴질 뿐만 아니라, 주군을 욕보이는 것으로밖에 안 보인다. 그러니 얼간이 등신인 거다."

사도가 웃으며 거들었다.

"내 말이. 대체 가지고 있는 힘을 왜 아껴? 국 끓여 먹을 거냐? 아끼다 똥 된다, 너?"

"역시 아무래도 그렇죠?"

제갈명은 이제야말로 못내 속을 태우고 괴롭게 하던 모든 번민을 털어 버린 얼굴로 활짝 웃었다.

그리고 자리를 털고 일어나서 파면개를 향해 말했다.

"누굴 좀 만나야겠는데 조금 도와주실 수 있습니까?"

파면개가 어리둥절해하며 물었다.

"누굴 만나겠다는 건지……?"

제갈명은 전에 없이 당당하게 어깨를 피며 말했다.

"무림맹의 군사요. 풍잔의 군사로서 무림맹의 군사에 부탁할 것이 있어서 만나 보려고 하는데, 자리 좀 주선해 주십시오."

그는 놀라서 눈을 끔뻑이는 파면개를 외면한 채 천이탁을 향해 빙그레 웃으며 한마디 더했다.

"그리고 너도 하나만 나 좀 도와주라."

파면개는 즉각 자리를 주선했다.

무림맹의 영내 중심에 자리한 취의청이었다.

다만 무림맹의 군사 제갈현도는 혼자 나타나지 않았다.

제갈현도의 의도와 무관한 것인지는 모르겠으나, 제갈허탁과 제갈상린이 함께 나타났고, 앞서 남북 쌍개와 함께 자리를 비켜 주었던 취죽개가 파면개와 함께 자리했다.

취죽개와 달리 제갈허탁 등은 예정에 없던 사람이었으나, 제갈명은 차라리 잘됐다고 생각했다.

대화가 제대로 진행되면 어차피 그들도 불러들여야 할 자리였다.

"풍잔의 군사인 제갈명이라고 합니다."

"과연 듣던 바대로 젊군?"

제갈명이 정중하게 포권의 예를 취하자, 제갈현도는 그저 과연 의외라는 표정을 응대했다.

제갈명은 노골적으로 제갈현도의 기색을 살펴보았다.

제갈이라는 그의 성씨를 들었음에도 전혀 모르는 척하는 것이 더 수상했다.

그러나 제갈현도는 과연 노강호였다.

아직 서툰 제갈명의 눈으로는 태연하게 행동하는 제갈현도의 속내를 전혀 꿰뚫어 볼 수가 없었다.

제갈명은 이내 포기하며 대놓고 물었다.

"저를 모르시겠습니까?"

제갈현도가 갸웃거리는 고개로 쳐다보며 반문했다.

"노부를 아나?"

제갈명은 제갈현도의 눈빛을 마주하자마자 가슴속이 차갑게 식었다.

눈빛을 마주하니 알 수 있었다.

제갈현도의 눈빛이 말해 주었다.

안다고. 알고 있다고.

거의 이십 년에 달하는 과거, 그와 그의 누이가 제갈세가에 들어왔을 때 딱 한 번 보았을 뿐, 그 이후에는 한 번도 본 적이 없는 그를 정확히 알아보고 있었다.

그래서 제갈명은 고개를 저었다.

혹시나 하는 마음이, 어쩌면 할아버지인 제갈현도는 그와 그의 누이가 어떤 상황인지 전혀 모르고 있을 수도 있다고, 그저 마냥 당신의 뜻을 저버린 아버지를 원망하는 마음에 그들을 외면하고 있는 것일 수도 있다는 일말의 기대가 완전히 무너졌기 때문이다.

"아니요. 제가 노인장을 어찌 알겠습니까."

제갈현도가 주름진 입가에 미소를 드리우며 물었다.

"그런데 왜 그런 질문을 하는 건가?"

제갈명은 태연하게, 그래서 더욱 냉정해 보이는 태도로 대답했다.

"초면에 말을 놓으시기에 혹시나 하고 물어봤습니다. 지금 이 자리는 풍잔의 군사와 무림맹의 군사가 만나는 자리인데, 그리 대우를 안 해 주시면 제가 곤란하지 않겠습니까."

제갈현도의 안색이 살짝 변했다.

느긋하던 표정이 알게 모르게 일그러진 것 같기도 했다.

제갈명은 상관하지 않고 천연덕스럽게 물었다.

"제 생각이 너무 지나친 건가요?"

제갈현도가 밋밋하게나마 애써 미소를 지어 보이며 공수했다.

"아니외다. 노부의 명백한 실수요. 내가 본의 아니게 귀하를 너무 편하게 느낀 듯하오. 절로 하대가 나간 것을 보니 말이오. 미안하오. 내 이제부터라도 주의하리다."

제갈명은 태연하게 마주 공수했다.

"감사합니다. 젊은 놈이 버릇없이 군다고 안 하시니 참으로 다행입니다. 요즘 노야의 연배에서 이렇듯 자신의 실수를 인정하고 즉각 바로잡는 분은 매우 드물거든요. 대화가 통하시는 분 같아서 정말 기쁩니다."

"그렇소?"

제갈현도가 의식적인 약간의 반색으로 제갈명의 말을 받기는 했으나, 마음에도 없는 상투적인 대화는 더 이상 하고 싶지 않은지 이내 정색하며 본론으로 들어갔다.

"대화가 통하는 사람과 만나는 건 노부도 언제나 환영이오. 하면 내친김에 어디 한번 제갈 군사의 용건이나 들어 봅시다. 이 시간에 갑자기 본인을 만나고자 한 이유가 무엇이오?"

제갈명도 추접하게 더는 얘기를 길게 끌고 싶지 않아서 그냥 곧바로 본론을 얘기했다.

"다름이 아니라, 참으로 남사스러운 얘기이긴 하지만, 사실 제가 일찍이 부모님을 여의고 어린 누이동생과 세상을 떠돌다가 양양 부근에서 그만 누이동생을 잃어버렸습니다. 그게 벌써 십여 년 전의 일인데……."

제갈명의 얘기가 이어질수록 제갈현도는 말할 것도 없고, 사전에 무슨 지시를 받았는지 마치 꿔다 놓은 보릿자루처럼 있는 듯 없는 듯 자리만 지키고 앉아 있던 제갈허탁과 제갈상인의 표정이 볼썽사납게 일그러지고 있었다.

제갈명은 그런 그들의 모습을 아무렇지도 지켜보며 계속 말했다.

"……최근에 제가 당시 잃어버린 제 누이동생이 제갈세가에 있다는 얘기를 들었습니다. 해서, 이렇게 자리를 청했습니다. 바라 건데, 제 누이동생이 저를 기억한다면 부디 데려갈 수 있도록 선처해 주십시오, 어르신."

제갈현도의 얼굴이 그야말로 돌처럼 딱딱하게 굳어져 버렸다.

그도 그럴 것이, 제갈명의 입에서 무언가 얘기치 못한 얘기가 나올 수도 있다는 생각은 했지만, 그게 이런 식의 얘기일 줄은 정말 상상도 하지 못한 것이다.

그러나 제갈현도는 과연 산전수전 다 겪은 노강호요, 천애유사라는 별호를 얻을 만한 책략가답게 이내 냉정을 되찾은 모습으로 고개를 끄덕였다.

"그런 일이 있었소?"

그리곤 슬쩍 제갈허탁에게 시선을 주며 물었다.

"아는 일이더냐?"

제갈허탁이 제갈명을 잡아먹을 듯이 노려보는 채로 대답했다.

"아, 예, 그렇긴 합니다만, 그 아이는 제갈 군사를 전혀 알아보지 못해서 말입니다. 제갈 군사의 사정이 딱하긴 하나, 과거의 사정이야 어찌되었든지 간에 명색이 가문의 식구로 들인 아이를 외인의 말 한마디만 믿고 내칠 수는 없는 일입니다, 아버님."

제갈현도가 어색하게 웃는 낯으로 제갈명을 보며 말했다.

"사정이 그렇다는구려. 그리고 노부 역시 같은 생각이오. 제갈 군사의 사정을 들어 보니 딱하긴 하오만, 가주된 사람으로서 어찌 외인의 말만 믿고 가문의 아이를 그리 쉽게 내보낼 수 있겠소. 그건 정말 가당치 않은 일이오."

제갈명은 충분히 이해한다는 표정으로 고개를 끄덕였다. 그리고 자못 거만한 태도로 의자에 등을 기대며 말했다.

"누이가 저를 기억하지 못한다면 당연히 제가 미련 없이 포기해야겠지요. 그러니 누이를 이 자리에 불러서 물어보도록 하지요."

제갈현도가 눈썹을 꿈틀했다.

불쾌함이나 거부감을 드러낸 것이 아니라 이건 뭐지 하는 표정이었다.

그는 그 상태로 잠시 제갈명을 바라보다가 이내 자리를 주선한 사람으로 함께하고 있으나, 감히 대화에는 끼어들지 못하고 있는 취죽개와 파면개의 눈치를 보며 제갈허탁을 향해 말했다.

"그 아이를 데려올 수 있겠느냐?"

데려오라는 것이 아니라 데려올 수 있겠냐는 질문이었다.

이건 그 아이를 데려와도 아무런 문제가 없겠냐는 확인인 것이다.

제갈허탁이 매서운 눈초리로 제갈명을 일별하고는 자신만만하게 자리를 털고 일어나며 대답했다.

"여부가 있겠습니까! 지금 당장 제가 가서 데려오도록 하겠습니다!"

제갈현도가 서둘러 밖으로 나가는 제갈허탁을 외면하며 제갈명을 향해 웃는 낯으로 말했다.

"우리 제갈가의 거처가 여기서 그리 멀지 않으니 잠시만 기다리면 될 거외다."

제갈현도는 제갈향을 데리러 밖으로 나간 제갈허탁만큼이
나 자신만만했다.

제갈허탁의 자신감이 그에게 전이된 것 같은 모습이었다.

그러나 제갈현도의 자신감은 그리 오래 가지 못했다.

제갈허탁은 그의 말마따나 얼마 지나지 않아서 제갈향을 데
려온다고 했으나, 정작 제갈향의 말은 그가 짐작하는 제갈허
탁이 생각과 전혀 달랐기 때문이다.

"당연히 기억하지요. 제가 어찌 하나밖에 없는 오라버니를
기억하지 못하겠습니까. 그래서 감히 부탁드리겠습니다. 제가
오라버니를 따라갈 수 있도록 허락해 주십시오."

제갈현도는 다소곳이 고개를 숙이며 부탁하는 제갈향 앞에
서 의지와 무관하게 당황한 표정을 드러내며 제갈허탁을 바라
보았다.

하지만 제갈허탁은 그런 그에게 그 어떤 대답도 해 줄 수 있
는 상황이 아니었다.

제갈허탁은 제갈현도보다도 더 황당하고 어처구니가 없어
서 아주 넋이 나간 얼굴로 제갈향을 바라보고 있었다.

제갈향이 문득 그런 그들의 면전으로 다가가서 손에 들고 있
던 작은 보퉁이 하나를 내밀었다.

제갈현도가 얼떨결에 보퉁이를 받아 들자, 그녀가 거듭 더없
이 다소곳하게 고개를 숙이며 말했다.

"그간 보살펴 주신 점 평생의 은혜로 간직하며 살도록 하겠

습니다만, 그래도 부족한 듯하여 나름 성의로 준비한 선물입니다. 아버님께서 살아생전 제게 물려주신 물건인데, 제가 가진 물건이라고는 그것 하나뿐이니, 약소하나마 부디 거절하지 마시고 받아 주시기 바랍니다."

와중에도 알게 모르게 보퉁이를 살펴보던 제갈현도의 안색이 급변했다.

보퉁이 속에는 바로 그가, 아니, 그들 부자와 조손이 그토록 바라마지않던 물건이 들어 있었던 것이다.

제갈현도는 재빨리 평정을 되찾으며 말했다.

"오냐, 그래. 그리된 사연을 이 할아비가 진즉에 알았다면 좋았을 것을 그랬구나. 하지만 이제라도 알았으니 되었다. 핏줄이 서로 당기는 것이야 인지상정인데, 어째 이 할아비가 막을 것이냐. 그리하거라."

"아, 아버님……?"

뒤늦게 정신을 차린 제갈허탁이 얼빠진 모습으로 제갈현도를 바라보았으나, 제갈현도가 매서운 눈빛으로 나서지 못하게 막았다.

제갈향은 그사이 재차 고마움을 표시하며 제갈명의 곁으로 물렀다.

제갈명은 손바닥이 뒤집히는 것처럼 급변한 제갈현도의 태도에 내심 고소를 금치 못했다.

제갈향이 넘긴 보퉁이에 무엇이 담겨져 있는지 능히 짐작할 수 있는 그이기에 생각 같아서는 가식적인 제갈현도의 얼굴에 침이라도 뱉어 주고 싶었다.

그러나 제갈명은 참고 인내했다.

추호도 지금의 상황을 망치고 싶지 않았다.

일말의 변수도 없이 지금의 상황을 유지하고 싶었다.

제갈세가의 마수에서 누이 제갈향을 빼내는 것만으로 그는 환호성을 내지르고 싶을 정도로 대만족이었기 때문이다.

제갈명은 환호성을 내지르는 대신 더 없이 차분하고 공손하게 포권의 예를 취했다.

"실로 제갈세가의 너그러운 배려에 감사드립니다."

다른 누구도 아닌 제갈명의 입에서 전혀 모르는 타인처럼 흘러나온 제갈세가라는 말이 생경한 듯 혹은 거북한 듯 제갈현도와 제갈허탁 등이 못내 어색한 미소를 흘렸다.

제갈명은 그에 아랑곳하지 않고 작별을 고하며 제갈향의 손을 잡고 돌아서서 실내를 빠져나갔다.

"그럼 저희들도 이만……!"

취죽개와 파면개가 제갈명 등의 뒤를 따라서 밖으로 나섰다.

제갈허탁이 못내 답답한 심경을 참지 못한 듯 그들이 밖으로 사라지기 무섭게 제갈현도를 불렀다.

"아버님……!"

제갈현도가 그와 동시에 두 눈에 불을 켜며 제갈허탁의 귀싸대기를 강하게 후려갈겼다.

짝-!

경쾌한 타격음과 함께 제갈허탁의 고개를 돌아갔다.

얼마나 호되게 때렸는지 입술이 터져서 피가 나고, 뺨은 대번에 붉게 달아올랐다.

"아, 아버님……?"

"대체 일을 어떻게 그르쳐야 이 지경까지 될 수 있다는 게야! 응?"

"아니, 그게 아니라……!"

"지금 내겐 너 말고도 아들이 셋이나 더 있다! 아직 소가주라는 네 자리를 지키고 싶은 생각이 있으면 그 입 다물어라!"

제갈현도의 불같은 호통에 제갈허탁은 더 이상 변명은커녕 찍소리 하나 내지 못하고 고개를 숙였다.

그런데 우습지 않게도 그 순간에 닫힌 줄 알았던 문이 스르르 열리며 취죽개가 삐쭉 얼굴을 내밀었다.

"험!"

제갈현도가 적잖게 당황하며 헛기침을 했다.

창피하고 수치스러운지 얼굴까지 붉어지고 있었다.

다른 누가 봐도 좋을 것이 없는 가내의 사정을 하필이면 말 많은 개방의 걸개에게 들켰으니 그럴 만도 했다.

하지만 취죽개는 그러거나 말거나 자기는 전혀 상관없다는 듯 무덤덤한 모습으로 제갈현도를 쳐다보며 말했다.

"충고, 아니, 조언 한마디 해 주는 건데, 절대 다른 생각은 품지 않는 것이 좋을 거요. 군사, 저 친구의 상관은 그리 일반적인 인물이 아니라서 말이오. 뭐, 곧 파고드실 테니, 알게 되겠지만……. 그럼 나는 정말 이제 그만……!"

취죽개가 웃는 낯으로 손을 흔들며 사라졌다.

제갈현도는 푸른빛이 감도는 어금니를 질끈 악물었다.

심중의 분노가 용암처럼 비등해서 그의 얼굴을 붉게 달구고 있었다.

어제의 아니, 오늘 낮의 그였다면 도저히 참지 못했을 터였다. 하지만 지금의 그는 능히 참을 수 있었다.

지금 그의 손에 쥐고 있는 물건, 제갈향이 주고 간 보퉁이가 그것을 가능하게 만들어 주고 있었다.

'두고 봐라 이것들! 이것만 있으면……!'

제갈현도는 수중의 보퉁이를 흡사 누가 빼앗아가기라도 하듯 가슴으로 당겨서 힘껏 움켜쥐었다. 실전되었다고 알려졌으나, 천고의 무재로 알려진 그의 막내아들이 찾아낸 제갈세가의 비전, 현현제환지보(玄玄制幻智譜)였다.

이제 제갈세가는 새로운 미래를 맞이할 수 있었다.

제갈허탁이 그런 그의 마음을 알지 못하고 안절부절못하며 나직이 부르짖었다.

"아버님!"

제갈현도는 대답 대신 수중에 들고 있던 보퉁이를 제갈허탁에게 내밀었다.

제갈허탁은 어느 정도 예상하고 있지만, 그래도 호기심을 참지 못하겠다는 듯 보통이를 살피다 이내 격정에 차올랐다.

그러다가 불쑥 정신을 차리며 물었다.

"하면……?"

"아니, 그럴 수 없는 일이다!"

제갈현도는 제갈허탁의 말을 익히 예상한 듯 매섭게 잘라 말했다.

"누가 뭐래도 누구 씨인지도 모를 그 연놈을 살려 둘 생각은 내게 없다! 이것이 수중에 들어온 이상, 더욱 그대로 내버려 둘 수는 없으니!"

"하지만…….."

제갈허탁이 매우 곤혹스러운 기색을 드러냈다.

이젠 정말 제갈명을 제거할 수 있는 방법이 없다고, 설령 있다고 해도 매우 위험한 일이라고 생각한 것이다.

제갈현도는 의미심장한 미소를 머금은 채 그런 제갈허탁을 외면하며 자리를 털고 일어났다.

"검선을 만나야겠으니, 제룡원(制龍園)에 좀 다녀오마!"

⁂

제갈명은 그 시각 취죽개와 파면개의 배웅을 받으며 무리맹의 대문에 도착해서 천이탁을 만났다.

천이탁이 대문에서 그들을 기다리고 있었다.

제갈향이 먼저 천이탁에게 다소곳이 인사했다.

"고맙습니다."

천이탁이 멋쩍어했다.

"별말씀을, 저야 제갈 군사가 시키는 대로 했을 뿐인 걸요."

제갈명도 나서서 천이탁에게 감사를 전하려 하자, 취죽개
가 발길을 멈추지 않으며 은근한 어조로 말렸다.

"보는 눈이 너무 많은데, 그냥 가지?"

제갈명은 슬쩍 취죽개를 보았다.

그게 거부의 반응은 아니었는데, 취죽개가 보지 않고도 그
의 시선을 느낀 듯 한마디 부연했다.

"조심해서 나쁠 것 없잖아."

제갈명은 묵묵히 수긍하며 발길을 재촉했다.

벌써 자시(子時 : 오후 11시~오전 1시)에 달한 어두운 밤이라 그
의 능력으로 보고 느낄 수 있는 것이 한계가 있음에도 여기저
기서 적잖은 기척이 느껴지고 있었다.

취죽개의 능력이라면 그보다 더할 터였다.

실로 풍잔의 위상이 새삼 실감되는 순간이었다.

천하의 무림맹에 속한 방파들과 소위 내로라하는 명숙들이
암암리에 그의 일거수일투족을 주시하고 있는 것이다.

물론 아무런 거리낌 없이 대놓고 그를 앞에 나서는 사람들
도 적지 않았다.

대문 밖이었다.

사공척를 위시한 화산 속가의 제자들과 지난날 북련의 총 사를 역임한 빙녀 희여산과 남맹의 총사를 역임한 철혈검 남 궁유아 등이 바로 그들이었다.

제갈명은 적잖게 당황했다.

사공척 등이야 그렇다고 쳐도, 남북대전의 주역에 속하며 서로를 적대하던 희여산과 남궁유아가 함께 있는 모습은 참으 로 이질적인 광경이 아닐 수 없었다.

하물며 그런 희대의 여걸들이 다른 누구도 아닌 그를 보기 위해 나섰다는 것은 실로 직접 눈으로 보고 있으면서도 믿기 어려운 사실이었다.

다만 그녀들, 희여산과 남궁유아는 그의 면전에 나설 생각 이 없는 모양이었다.

그녀들은 사공척과 달리 저만치 떨어져서 그를 지켜보고 있 었다. 그것도 그의 존재보다는 서로가 서로를 더 의식하는 태 도가 역력했다.

제갈명이 다행스러운 건지 아쉬운 건지 모를 묘한 심경을 느끼며 입맛을 다시는 참인데, 사공척이 다가와서 말했다.

"적당한 곳까지 배웅해 주라는 사백조 님의 지시를 받았소. 어디까지가 적당한지 모르겠으니, 대충 적당한 거리까지 배웅 하겠소."

제갈명은 일순 여러 가지 생각이 들었으나, 내색하지 않고 웃는 낯으로 말했다.

"바로 여기 이 자리, 대문 앞이 가장 적당한 거리인 듯싶소. 어르신의 마음 감사히 받았다고 전해 주시오."

사공척이 일그러진 눈빛으로 복잡해진 심경을 드러냈다.

제갈명은 그런 사공척에게 다른 말을 할 수 있는 기회를 주지 않고 그를 포함한 취죽개와 파면개, 천이탁 등을 향해 더없이 정중히 공수하며 작별을 고했다.

"배려와 도움 실로 감사드립니다. 그럼 저는 이만 다음에 뵙도록 하지요."

천이탁이 무언가 할 말이 있는지 돌아서는 제갈명을 향해 손을 들려고 했으나, 취죽개가 슬쩍 나서서 제지했다.

천이탁이 취죽개를 바라보았다.

취죽개가 가만히 고개를 저었다.

천이탁이 그제야 어쩔 수 없다는 듯 물러났다.

제갈명은 그런 그들을 뒤로한 채 발걸음을 재촉해서 장내를 벗어났다.

뒤늦게 가벼운 목례로 작별은 고하고 돌아선 사도와 흑영은 그런 그들의 태도를 보았으면서도 아무렇지도 않게 무시하며 제갈명의 뒤를 따라가고 있었다.

취죽개가 그제야 슬쩍 고개를 돌려서 희여산과 남궁유아 등에게 미소를 보이는 것으로 알은척하고는 파면개와 천이탁의 어깨를 치며 돌아섰다.

천외천의
주인

"가지."

파면개와 천이탁이 묵묵히 돌아서서 취죽개의 뒤를 따랐다.

제갈명 등에 이어 그들마저 자리를 떠나자, 서로 적잖은 거리를 두고 떨어져 있던 두 여걸, 희여산과 남궁유아가 조금 거리를 좁히며 다가섰다.

희여산의 곁에는 아미파의 여고수 두 명이 있었고, 남궁유아의 곁에는 동생인 남궁유화와 사촌동생인 남궁이성이 있었는데, 그녀들이 서로 데면데면한 것처럼 그들도 저마다 상대방을 시큰둥하게 바라보고 있어서 참으로 분위기가 묘했다.

먼저 말을 건넨 것은 남궁유아였다.

"의외네? 네가 이런 일에 관심을 다 두고?"

희여산이 퉁명스럽게 되받아쳤다.

"나야말로 의외인 걸? 너와는 전혀 상관없는 사람 아닌가?"

남궁유아가 묘하다는 투로 반문했다.

"너하고는 상관이 있는 사람이라는 소리로 들리네?"

"나야 당연히 상관있지."

희여산이 추호도 망설임 없이 잘라 말했다.

"저 친구가 모시는 사람을 내가 과거에 좀 격하게 아꼈거든. 물론 지금도 격하게 아끼고 싶은 마음이고."

남궁유아가 묘하다는 투로 물었다.

"격하게 아껴? 어떤 식으로 어느 정도로 격하게?"

희여산이 보란 듯 얄궂은 미소를 지으며 대꾸했다.

"여차하면 그냥 내당에 들어앉을까 싶은 마음이 들 정도?"

희여산의 대답에 남궁유아보다 곁에 있던 남궁유화의 안색이 더 굳어졌다.

그야말로 한 방 맞은 표정이었는데, 남궁유아는 그걸 보지 못하고 히죽 웃는 낯으로 희여산을 쳐다보며 놀렸다.

"너도 여자였냐?"

희여산이 발끈했다.

"자다가 봉창 두들기고 자빠졌네! 내가 넌 줄 아냐? 너나 그런 소리 듣고 살았지, 나는 예전부터 여자였어!"

남궁유아가 물끄러미 희여산을 쳐다보다가 이내 의미심장한 미소를 지으며 고개를 끄덕였다.

"과연 여자네."

희여산이 표독스럽게 남궁유아를 노려보았다.

남궁유아가 그게 아랑곳하지 않고 이제야 알았다는 듯 이마를 치며 말했다.

"아하, 그래서 네가 지금 여기 나와 있는 거구나. 혹시나 해서. 그 사내가 왔을까 하고. 그렇지?"

희여산이 태연하게 수긍했다.

"아니라고는 말 못하겠네. 아쉽게 되었지 뭐냐."

예상과 달리 희여산이 아무렇지도 않게 인정해 버리자 오히려 야죽거린 남궁유아가 당황해 버렸다.

희여산이 더는 깝죽거리지 말라는 듯 냉소를 날리며 재우쳐 말했다.

"내게서 듣고 싶은 얘기 다 들었으면 괜히 어벌쩡하게 넘길 생각 말고 이제 그만 네 얘기나 불어. 너야말로 왜 지금 여기에 나와 있는 거냐?"

남궁유아가 사내처럼 쩝쩝 소리가 나도록 입맛을 다시고 대꾸했다.

"사실 나야말로 혹시나 했는데, 아쉽게 되었다."

"뭘 혹시나 했고, 뭐가 아쉽다는 건데?"

"아까 그 친구가 모시는 사람 말이야. 너만 아는 게 아니라 나도 좀 알거든. 그래서 혹시나 했지. 왔나 하고."

남궁유아가 재빨리 손사래를 치며 덧붙였다.

"아, 오해는 마라. 나는 너처럼 그렇게까지 깊은 생각은 없고, 그저 얼굴이나 볼 수 있을까 했던 거다. 제법 반반한 얼굴이잖니, 그 사내."

그야말로 장군에 멍군이었다.

희여산의 굳은 안색이 그것을 대변하고 있었다.

그러나 그것도 잠시, 희여산은 희대의 여걸이라는 명성에 걸맞게 거짓말처럼 평정을 되찾았다.

그리고 웃음으로 남궁유아의 말을 받아넘기며 돌아섰다.

"이래저래 너와 나는 경쟁이구나. 이젠 하다하다 사내를 놓고 다 경쟁해야 하다니, 참으로 기구한 운명의 장난이네."

남궁유아는 잠시 멀어지는 희여산의 뒷모습을 바라보다가

이내 곁에 선 남궁유화의 어깨를 툭 치며 물었다.

"저년 저거 저 주접 진짜 같지? 그렇지?"

남궁유화가 눈살을 찌푸리고 자리를 떠나며 대꾸했다.

"그걸 내가 어떻게 알아?"

남궁유아가 이건 뭐지 싶은 얼굴로 두 눈을 끔뻑거리다가 남궁이성에게 시선을 주며 물었다.

"왜 저러나, 쟤?"

남궁이성이 낸들 아나는 표정으로 대답했다.

"누이가 대답하기 싫은 걸 물었나보지."

남궁유아가 미심쩍은 표정으로 고개를 갸웃거렸다.

"그게 왜 대답하기 싫은 건데?"

"글쎄? 그게 진짜일까 봐 그런가?"

"그게 진짜인 걸 유화가 왜 싫어해?"

남궁이성이 어깨를 으쓱했다.

"그야 나도 모르지."

"이구!"

남궁유아가 남궁이성에게 눈총을 주고는 오만상을 찡그린 채 고개를 이리저리 갸웃거리다가 한순간 눈을 빛냈다.

"어라? 그러고 보니……?"

"뭔데 그래?"

남궁이성이 득달같이 관심을 보였다.

그때 남궁유아의 고개가 옆으로 돌려졌다.

남궁이성도 이내 그녀를 따라서 시선을 옆으로 돌렸다.

간발의 차이로 그도 누군가 자신들을 향해서 빠르게 다가오고 있음을 느낀 것이다.

이윽고 그들의 곁으로 다가온 사람은 남궁세가의 오랜 가신인 개벽신수(開闢神手) 선우백(鮮宇伯)이었다.

"여기 계셨군요. 한참 찾았습니다. 어서 가시죠. 어르신께서 이성 공자님을 부르십니다."

딱히 선우백이 아니더라도 남궁세가에서 어르신이라고 불릴 사람은 딱 한 사람뿐이었다.

전대 가주인 검선 남궁위악이었다.

"그래요? 이 시간에 무슨 일이시지?"

남궁이성이 고개를 갸웃거리며 선우백을 따라나섰다.

남궁유아도 별다른 생각 없이 그들의 뒤를 따라갔다. 그러자 앞서 길을 열던 선우백이 발길을 멈추며 그녀에게 말했다.

"저기, 이성 공자님만 부르십니다."

남궁유아는 무색해진 표정으로 고개를 갸웃거렸다.

그동안 이런 경우는 별로 없던 일이라 의아했다.

남궁이성도 같은 태도였다.

난생을 띤 그가 선우백을 향해 물었다.

"대체 무슨 일인데 그러죠?"

"그건 저도 모릅니다. 저는 그저 이성 공자님만 찾아오라는 어르신의 지시를 받았을 뿐입니다."

선우백은 난색을 띄고 있었으나, 태도는 단호했다.

남궁유아가 그걸 인지한 듯 남궁이성의 어깨를 두드렸다.

"노인네 기다리게 하지 말고 어서 가 봐. 나는 유화에게 확인해 볼 것이 있으니까 걔 방에 가 볼게."

이건 혹시나 심상치 않은 일이면 그쪽으로 찾아오라는 의미였다.

남궁이성은 예리하게 그녀의 의도를 알아듣고 고개를 끄덕이며 선우백을 따라나섰다.

"그래요, 그럼. 가죠?"

선우백은 그를 찾아 영내의 이곳저곳을 뒤지느라 꽤나 오랜 시간을 허비한 것 같았다.

그의 말이 떨어지기 무섭게 서둘러 발길을 재촉했다.

남궁이성은 그런 선우백의 뒤를 따라서 무림맹의 영내에서 비교적 후원 쪽으로 치우친 남궁위악이 거처로 갔다.

작은 마당을 가지고 있는 별채인 남궁위악의 거처는 아담한 규모와 달리 제룡원이라는 이름을 가지고 있었다.

그것은 남궁위악이 작금의 무림맹에서 가진 위치를 말해 주는 것이기도 했다.

제룡원은 무림맹의 규범과 질서를 관장하는 곳이고, 남궁위악이 바로 그곳의 수장이었다.

남궁위악은 바로 그 제룡원의 대청에서 남궁이성을 기다리고 있었다.

"찾으셨습니까, 할아버님."

대청의 탁자에 앉아 있던 남궁위악은 인사도 제대로 받지 않고 그 자리에서 바로 용건을 꺼냈다.

"네가 은밀하게 처리해야 할 일이 하나 있다."

남궁이성은 전에 없이 냉담한 남궁위악의 기색에 심상치 않은 분위기를 느끼며 조심스럽게 물었다.

"어떤 일이신지⋯⋯?"

"쥐도 새도 모르게 목숨을 지우는 일이다. 네가 부리던 친위대 애들을 데리고 가면 별 무리 없이 해결할 수 있을 게다."

남궁위악의 말을 들은 남궁이성은 왠지 모르게 불길한 느낌을 받으며 물었다.

"누굽니까, 그게?"

남궁위악이 말했다.

"조금 전 무림맹을 떠난 제갈명과 그 일행이니라."

남궁이성은 절로 움찔했다.

불길한 예감은 언제나 틀리지 않는다더니만, 과연 그런 것 같았다.

남궁위악의 말을 듣는 순간 제갈명의 얼굴이 떠올랐는데, 역시나 남궁위악의 입에서 그 이름이 나온 것이다.

"그 사람은 왜⋯⋯?"

"지금 네 입에서 나올 것은 질문이 아니라 대답이다."

남궁위악이 잘라 물었다.

"할 수 있겠느냐?"

남궁이성은 지그시 입술을 깨물며 물었다.

"쥐도 새도 모르게 말입니까?"

"그렇다."

"할 수 있습니다."

"한 치의 실수도 없어야 하고, 일말의 흔적도 남기지 않아야 한다."

"그리하겠습니다."

시종일관 삭막하게 굴던 남궁위악이 그제야 미소를 드러내며 말했다.

"서둘러야 할 게다. 무림맹과 어느 정도 거리가 떨어진 장소가 좋을 테지만, 새벽이 깨어나기 전까지 돌아와 있어야 한다."

"예, 실수 없이 처리하고 제때에 돌아오도록 하겠습니다!"

남궁이성은 거듭 확답하고 나서 대청을 나섰다.

남궁위악은 남궁이성이 대청을 나가기 무섭게 탁자에 놓인 차병을 들어서 찻잔에 차를 따랐다.

두 개의 찻잔이었다.

그때 남궁위악의 뒤쪽에 있는 병풍의 한쪽이 옆으로 밀리며 한 사람이 밖으로 나왔다.

그는 바로 제갈현도였다.

제갈현도가 남궁위악을 마주하고 앉으며 넌지시 물었다.

"외람된 말씀입니다만, 저 아이로 괜찮겠습니까?"

"속이 깊은 아이라 평소 본신의 실력을 절대 드러내지 않지요. 큰애와 비교해도 절대 뒤지지 않을 아이입니다."

"아니요. 무력이야 제가 어찌 따질 수 있겠습니까. 저는 다만 사안이 워낙 극비를 요구하는 까닭에……!"

"그리고 그 누구보다도 야망이 큰 아이지요."

제갈현도가 그제야 납득하며 만족한 미소를 드러냈다.

"하긴, 야망 앞에서는 그 어떤 죄와 비밀도 능히 감당할 수 있는 법이지요!"

인자무적仁者無敵 (6)

저녁 무렵부터 선선한 바람이 불어서 혹시나 했는데, 역시나 먹구름이 달을 가리며 추적추적 비를 뿌리기 시작했다.

그러나 무림맹을 벗어나서 서쪽으로 뻗은 관도로 올라선 제갈명 등의 발길은 조금도 늦추어지지 않았다.

제갈명의 재촉이 있었다.

"조금만 더 가면 마을이 나올 거다. 거기서 말을 구할 테니, 조금만 참고 가자. 아, 말은 탈 줄 알지?"

"뭐야? 오라버니는 내가 아직도 어린애로 보이는 거야?"

제갈향이 어이없다는 듯 웃으며 당차게 덧붙였다.

"이래 봬도 내가 오라버니보다 제갈가에서 더 오래 동안 단련된 사람이야. 내가 더 오래 있었잖아."

"아, 그게 또 그렇게 되나?"

제갈명이 짐짓 멋쩍은 표정을 드러내자, 제갈향이 왜 아니겠냐는 듯 눈총을 주고는 보란 듯 휘적휘적 앞으로 나섰다.

뒤따르던 사도가 그 순간에 천천히 제갈명의 곁으로 다가와서 넌지시 물었다.

"왜 이리 서둘러? 그들이 해코지할 거라고 생각하는 거야?"

제갈명은 어색한 미소를 흘리며 대답했다.

"그냥 조심하는 겁니다. 보는 눈이 그리 많았는데 설마 딴생각을 품을까 싶기도 하지만, 상대가 다른 누구도 아닌 제갈가라 조심해서 나쁠 것 없다는 생각이 듭니다. 워낙 생각이 많고, 잔머리가 널린 집안이거든요, 제갈가는."

사도가 어깨를 으쓱하며 수긍했다.

"하긴, 과거 아버님도 강호 무림에서 구대 문파 이외에 두 가문의 청부만 조심하면 된다고 하셨지. 남궁가와 제갈가."

제갈명이 이채롭다는 눈빛으로 사도를 바라보았다.

"평소 워낙 말이 없어서 몰랐는데, 이제 보니 꽤나 배타적인 사람이었네요. 아직도 작고하신 아버님을 생각하며 사는 것을 보니 말입니다."

사도가 어색한 미소를 흘렸다.

"제갈 군사가 몰라서 그렇지, 나 그런 쪽으로 꽤나 심한 편이야. 알고 보면 나하고 우리라는 선만 넘어가면 꽤나 치열하게 적으로 간주하는 성격이지."

제갈명이 피식 웃었다.

"그런 사람이 무림맹에서는 잘도 참았네요. 거기 있는 사람들의 절반이 과거 살막의 살겁(殺劫)과 관련되어 있다는 것을 모르지는 않을 텐데, 어디서 그런 인내심이 나온 겁니까?"

사도는 쓰게 웃으며 대답했다.

"두 가지 이유에서 참을 수 있었지. 첫째는 그걸 뻔히 알면서도 나를 제갈 군사에게 보낸 주군의 믿음을 저버리고 싶지 않아서. 둘째는 아직 나는 그 사건의 단초를 제공한 원흉이 누구인지 모르기 때문이지. 원흉이 빠지면 나머진 다 도구일 뿐이야. 예전의 우리 살막처럼 말이야."

"하긴, 누가 휘두른 칼인지도 모르고 칼에 다쳤으니까 칼에 대고 복수하는 짓은 철부지 어린애도 하지 않는 짓이죠."

"알면서 그걸 왜 물었어?"

"철부지 어린애가 아니라서 당연히 그걸 알면서도, 정작 하지 않기는 힘들거든요 그게. 그래서요. 고맙다고 하려고요."

제갈명은 재우쳐 감사를 표했다.

"고마웠어요."

사도가 정말 어색하기 짝이 없어서 민망해 죽겠다는 듯 오만상을 찡그리며 제갈명을 바라보다가 애써 말문을 돌렸다.

"정말 고마우면 대가로 하나만 대답해 주라. 그간 한솥밥을 먹으며 이 정도 같이 지냈으면 이제 서로 터놓고 지낼 때도 되지 않았나? 동년배인 나도 나지만, 충분히 그럴 수 있는 다른 애들에게도 절대 말을 놓지 않던데, 대체 왜 그러는 거야?"

제갈명이 빙그레 웃으며 대답했다.

"왜 그러는 게 아니라 그냥 제 성격이 그래요. 가까워질수록 거리를 두려고 하죠."

"아니, 왜?"

"뭐랄까? 굳이 핑계를 대자면 '상대가 누구든 항상 객관적인 평가를 내리고 싶어서'라고나 할까요? 왠지 모르게 자꾸 그걸 의식하게 돼요. 가까워지면 객관적인 평가를 내릴 수 없다는 말을요."

사도는 이해할 수 없다는 표정을 지으며 물었다.

"대체 왜 그래야 하는 건데?"

제갈명은 선뜻 대답하지 못하고 잠시 뜸을 들이다가 문득 어색한 미소를 흘리며 입을 열었다.

"전에 저도 그걸 곰곰이 생각해 봤는데, 결론은 하나밖에 없었어요. 제 몸에도 어쩔 수 없이 제갈가의 피가 흐른다는 거."

"제갈가의 사람들은 다 그러나?"

"다 그런지는 모르지만, 적어도 그게 가훈이긴 하죠. 세상에서 가장 무서운 것은 소리장도(笑裏藏刀)다. 네게 웃어 주는 사람을 조심해라. 겉으로는 웃고 있으나 마음속에는 해칠 마음을 품고 있을 수 있다."

"틀린 말은 아니야. 칼을 뽑아 들고 달려드는 사람보다 웃는 낯으로 다가와서 숨기고 있던 칼로 찌르는 사람이 무섭긴 하지."

사도가 수긍이 가는 말이라는 듯 고개를 끄덕이며 중얼거리다 이내 싸늘하게 돌변해서 제갈명을 노려보았다.

이해는 해도 용납은 안 된다는 눈빛이었다.

"그러니까, 나나, 우리 풍잔의 식구들이 다 그렇게 보인다 이거네?"

제갈명은 화들짝 놀라며 손사래를 쳤다.

"무슨 그런 말도 안 되는……! 그저 습관적으로, 그러니까, 버릇이에요, 버릇! 진심은 그게 아닌데 버릇이라서 쉽게 고쳐지지 않는 거죠! 왜 세 살 버릇 여든까지 간다고 하잖아요! 하하하……!"

사도가 게슴츠레하게 좁힌 눈가로 의심스러운 눈초리를 빛내며 제갈명을 노려보았다.

"실로 마음은 그렇지가 않다는 건데, 나는 왜 지금 웃고 있는 제갈 군사의 태도도 가식으로 보이는 걸까?"

제갈명은 재빨리 대답했다.

"말투가 문제라면 알았어! 동배(同輩)가 존대를 하는 것이 어색하긴 하지. 지금 이 순간부터 말을 놓도록 할게. 그럼 되지?"

"뭐 그렇다면야……."

사도가 정 그렇게 나온다면 자신이 너그럽게 양보해 주겠다는 표정으로 고개를 끄덕이며 물러났다.

그러자 묵묵히 그들의 뒤를 따르고 있던 흑영이 다가와서 제갈명의 어깨를 툭 쳤다.

제갈명이 돌아보자, 흑영이 심드렁하게 손가락으로 자신과 사도를 번갈아 가리키며 한마디 했다.

"동갑내기."

제갈명은 울며 겨자 먹기 식으로 고개를 끄덕이며 말을 더듬었다.

"그, 그래. 흐, 흑영 너도 같이 말 트자."

흑영이 만족한 표정으로 고개를 끄덕이며 다시금 느긋한 걸음걸이로 그들과의 거리를 벌려 나갔다.

애초에 사도는 제갈명 등과 함께 가며 전방을 주시하고, 그는 조금 뒤쳐진 상태로 후방을 경계하고 있었던 것이다.

그런데 느긋하게 거리를 벌리던 흑영이 안색을 굳히며 정지했다.

때를 같이해서 사도의 표정도 사늘하게 변했다.

앞서 가던 제갈향이 발걸음을 멈추며 제갈명을 돌아본 것도 그때였다.

"오라버니……?"

제갈명이 반사적으로 제갈향에게 달려갔다.

사도가 그런 그의 곁을 스쳐 지나서 앞으로 나섰고, 흑영은 더 이상 거리를 벌리지 않는 선에서 사주를 경계했다.

사전에 연습이라도 한 것처럼 거의 한순간에 이루어진 그들의 기민한 반응을 뒤로하고 관도의 저편 어둠 속에서 추적추적 내리는 빗속을 가르며 빠르게 다가오는 마차 소리가 들려왔다.

그리고 동시에 누군가의 투덜거리는 목소리가 모두의 귓가를 스쳤다.

"뭐야? 기 좀 살려 주려고 나름 속도를 내서 달려왔더니만, 왜 벌써 무림맹을 나온 거야?"

제갈향을 제외한 제갈명 등 세 사람이 반색했다.

그녀를 빼고는 다들 귀에 익은 목소리였기 때문이다.

아니나 다를까, 이내 그들의 전면으로 불어온 미미한 바람과 함께 귀신처럼 홀연히 모습을 드러낸 사람은 풍사였다.

제갈명이 반색하는 일면에 어리둥절해하며 나섰다.

"아니, 이게 어찌된 일입니까? 대체 풍 호법님께서 여길 어떻게……?"

풍사가 어색하게 웃으며 대꾸했다.

"별거 아냐. 그저 이상한 부분에서 예상치 못하게 섬세한 주군 덕분이지."

"주군께서 뭐라고 하셨는데요?"

"늦지 않게 도착해서 아주 본때 나게 군사의 체면 좀 살려 주라고 하시더군."

제갈명은 절로 황당한 얼굴이 되었다.

"주군께서 제가 무림맹으로 간다는 것을 이미 알고 계셨다는 건가요?"

"무림맹이 아니라 제갈가에 남겨 둔 동생을 만나러 갔을 것으로 알고 계시지."

풍사가 아무렇지도 않게 대답하고 나서 말미에 의미심장하게 웃으며 재우쳐 되물었다.

"제갈 군사가 남몰래 쉬쉬하고 있던 그 속사정을 풍잔의 식구들 중에 과연 몇 명이나 모르고 있을 것 같아?"

제갈명은 멋쩍게 웃으며 쓰게 입맛을 다셨다.

"제가 부처님 손바닥의 손오공이었다는 거네요."

풍사가 피식 웃으며 위로하듯 말했다.

"그래도 식구들이 다 아는 것은 아니니까 너무 그리 신경 쓰지 마."

제갈명은 어련하겠냐는 듯 한숨을 내쉬었다.

전혀 위로가 되지 않는 말이었으나, 달리 그가 할 말도 없었다.

풍사가 발걸음을 옮겨서 그런 그의 곁을 스치고 지나가며 말했다.

"그래도 다행이네. 아주 늦은 것 같지는 않아서 말이야."

제갈명은 그제야 느꼈다.

이상하게도 사도와 흑영이 반가운 기색으로 풍사를 반기면서도 전혀 긴장을 풀지 않은 모습으로 본래의 자리를 지키고 있었다.

그때 제갈명을 스쳐 지나서 흑영의 곁으로 나선 풍사가 짙

천외천의
주인

은 어둠이 깔려 있는 후방을 주시하며 말했다.

"그냥 나설래? 아니면 내가 그쪽으로 갈까?"

약간의 침묵이 흐른 뒤, 후방의 어둠 속에서 대답이 나왔다.

"일단은 내가 나서기로 하겠소."

동시에 후방의 관도 위로 흑의 무복을 걸친 건장한 사내 하나가 홀연히 모습을 드러냈다.

제갈명이 사내를 알아보며 눈살을 찌푸렸다.

사내는 남궁세가의 무재 중 하나이며, 과거 남맹의 총사를 역임한 철혈검 남궁유아의 사촌이자, 최측근으로 알려진 상혼칠검 남궁이성이었다.

제갈명이 정말 이해할 수 없다는 눈빛으로 남궁이성을 바라보았다.

남궁이성이 실로 제갈명의 눈초리가 따갑다는 듯이 헤픈 웃음을 흘리며 손사래를 쳤다.

"오해하지 마시오. 지금 생각하는 그거 아니오. 그쪽 분들에게 무슨 다른 해코지를 하려고 따라온 것이 아니니 그리 적대하지 않았으면 좋겠소."

제갈명이 나서려고 했으나 풍사가 슬쩍 손을 들어서 제지했다.

단호한 태도였다.

이제부터는 자신이 통제하겠다는 의지를 드러낸 것이다.

제갈명은 깊은 강물처럼 고요함 속에 사나운 격정을 내포한 풍사의 성격을 익히 잘 알기에 물러날 수밖에 없었다.

풍사가 그제야 곱지 않은 눈초리를 남궁이성에게 던지며 냉정하게 물었다.

"하면, 왜 여기까지 따라온 거냐?"

"설명하자면 길지만……."

"그 정도 시간은 있다. 길어도 들어줄 테니까 어서 말해 봐."

남궁이성의 표정이 살짝 굳어졌다.

마치 죄인을 추궁하는 것 같은 풍사의 하대와 단도직입적인 말투가 거슬리는 모양이었다.

풍사가 그런 남궁이성의 반응을 보고는 씩 웃으며 한마디 더했다.

"이래저래 귀찮으면 그냥 칼을 뽑아도 괜찮고."

남궁이성이 정신을 차린 듯 애써 웃는 낯으로 대답했다.

"이미 밝혔다시피 나는 해코지를 하러 따라온 것이 아니요. 그저 나름 사정이 있어서 배웅하는 것이오."

풍사가 같잖다는 눈초리로 남궁이성을 비롯한 그 주변을, 정확히는 짙은 어둠 속에 웅크리고 있는 남궁세가의 무사들을 예리하게 훑어보며 말했다.

"그러니까, 암중에 삼십여 명의 도부수들을 거느리고 당사자들도 몰래 여기까지 배웅을 나온 거다?"

남궁이성이 알몸을 드러낸 것처럼 얼굴을 붉히며 어렵사리 대답했다.

"그래서 나름 사정이 있다고 하질 않았소."

풍사는 추호도 가차 없이 다그쳤다.

"그럼 시간을 조금 더 주도록 할 테니까, 그 사정을 말해 봐. 지금 당장!"

남궁이성의 이마에 핏줄이 붉어졌다.

참기 어려운 화가 치밀어 오른 것이다.

그는 그렇듯 보자보자 하니까 이건 해도 너무한다는 식으로 풍사를 노려보다가 일순 옆구리를 찔린 사람처럼 움찔하고는 서둘러 말문을 열었다.

"사실 본래는 제갈 군사 등을 처치해야 하는 임무를 부여받았소. 하지만 다른 누군가에게 그건 절대 안 된다는 충고를 듣고 포기했으나, 적어도 제갈 군사를 추적했다는 근거는 남겨야 했기에 여기까지 따라온 것이오."

그는 보란 듯이 가슴을 치고 다시금 풍사를 잡아먹을 듯이 노려보며 힘을 준 목소리로 덧붙였다.

"실로 하늘에 맹세하건데, 귀하나 저치들이 알아채지 않았다면 나는 여기서 그냥 발길을 돌렸을 거요. 이상이 내 사정이오. 됐소?"

'할 말 다 했다. 이젠 어쩔 테냐' 하는 도발적인 태도였다.

풍사는 그런 남궁이성의 반문에 대답하는 대신 태연하게 뒤를 돌아보았다.

마침 마차가 도착했기 때문이다.

마차는 제갈명의 체면을 살려 주기 위해서 준비한 마차답게 지나치게 화려하지 않으면서도 은은한 기품이 느껴지는 사두마차였고, 빗물에 젖었음에도 다갈색으로 빛나는 갈기를 휘날리는 네 필의 준마가 끌고 있었다.

그러나 남궁이성이 자신의 말을 아무렇지도 않게 무시하며 돌아서는 풍사를 보고도 아무런 반발을 하지 않은 것은 그처럼 흔히 볼 수 없는 사두마차의 외향 때문이 아니었다.

사두마차가 서자, 그 주변으로 이십여 명의 사내들이 모습을 드러냈다.

하나같이 범상치 않은 그들은 바로 이 개 조에 해당하는 광풍대의 대원들이었다.

남궁이성은 그들로 인해 말문이 막혀 버렸는데, 그다음 순간에 그들보다 더 시선을 끄는 자들을 발견했다.

어자석에 앉은 두 명의 마부였다.

남궁이성이 첫눈에 보통이 아님을 간파한 그들은 바로 색마인 화수 채의 노릇을 하던 용사와 광풍이랑 청면수였다.

남궁이성은 말문이 막힌 것만이 아니라 마음까지 경직되어서 속을 가라앉히며 묵묵히 풍사와 그들, 일행을 주시했다.

그를 무시하고 돌아선 풍사가 가벼운 고갯짓을 했다.

그러자 순간, 남궁이성은 모르지만 어자석에 앉아 있던 사내 하나, 용사가 후다닥 어자석에서 내려와서 제갈명과 제갈향 남매를 정중하게 모시는 태도로 마차에 태웠다.

제갈향이야 그렇다 쳐도, 마차에 오르는 제갈명이 무척이나 어색한 태도를 보였으나, 바짝 긴장한 남궁이성은 전혀 그것을 눈치챌 수 없었다.

게다가 때마침 돌아선 풍사가 한결 부드러워진 얼굴로 그의 시선을 마주하며 말을 건네서 더욱 그랬다.

"그럼 이제 우리는 그냥 가면 되는 거지?"

남궁이성은 무언가 매우 억울한 마음이 들었으나, 억지로 내색을 삼가며 고개를 끄덕였다.

"물론이오."

풍사가 보기 좋게 웃는 낯으로 슬쩍 남궁이성의 측면, 홀로 우뚝 서 있는 아름드리나무를 일별하며 돌아섰다.

"그럼 나중에 또 보자고 젊은 친구."

사두마차가 기다렸다는 듯이 출발하고, 그 곁에 시립해 있던 이십여 명의 광풍대원들이 사라졌다.

한순간에 좌우로 흩어져서 포진하며 마차를 따라가는 모습이 워낙 빨라서 사람의 눈에는 그렇듯 사라지는 것처럼 보였다.

사도와 흑영의 모습도 이미 사라지고 없었다.

느긋하게 돌아선 풍사의 신형만이 느린 듯 결코 느리지 않은 속도로 관도의 저편 어둠과 동화되어 가는 마차의 뒤에서 흐려지고 있었다.

남궁이성이 그와 같은 풍사의 뒷모습을 직시한 채로 불만스럽게 투덜거렸다.

"아무리 봐도 나랑 얼마 차이 안 나 보이는데, 젊은 친구는 무슨……!"

그때 풍사가 자리를 떠나기 전에 일별한 측면의 아름드리 나무 곁에서 두 개의 인영이 귀신처럼 떨어져 나왔다.

남궁유아, 남궁유화 자매였다.

"나이는 몰라도 실력은 너랑 차이 많이 나겠다. 조금 전에 나 보는데 눈빛이 아주 후덜덜 하더라."

남궁유아의 말이었다.

남궁이성이 크게 떠진 눈으로 남궁유아를 바라보며 놀랍다는 투로 물었다.

"저자가 누님의 위치를 알아봤다고?"

남궁유아가 슬쩍 곁에 서 있는 동생 남궁유화를 일별하며 한숨을 내쉬었다.

"생각 같아서는 나 때문이 아니라고 말하고 싶지만, 아무래도 그런 것 같다. 정확히 나를 쳐다봤으니 말이야. 저번에 데리고 다니던 자들도 보통이 아니던데, 대체 그자 주변에는 저런 고수들이 얼마나 있다는 거야?"

딱히 대상도 없는 질문을 던진 그녀는 자못 새삼스러운 눈초리를 빛내며 남궁유화를 바라보았다.

남궁유화가 미간을 찌푸렸다.

"왜 날 봐?"

남궁유아가 두 눈빛을 보란 듯이 게슴츠레하게 바꾸며 대꾸했다.

"몰라서 그래? 일성이 저 녀석이 날 찾아와서 이번 일을 논의했을 때, 절대 그러면 안 된다고 피를 토하며 절규하듯 막은 것이 너잖아?"

남궁유화가 펄쩍 뛰었다.

"내가 언제 피를 토하며 절규를 했다고 그래?"

"대충 내 눈에는 그렇게 보였어. 그러니까!"

남궁유아가 대뜸 혀를 길게 빼문 채 두 손을 귀신처럼 앞으로 내밀고 남궁유화에게 다가가며 말했다.

"어서 불어라 이것아! 전에 풍잔의 그자를 우연찮게 만난 것은 너나 나나 똑같은데, 왜 네가 더 그자에 대해서 이리도 많이, 또 자세히 알고 있는 거냐?"

남궁유화가 한숨을 내쉬고는 냉정하게 말문을 돌렸다.

"지금은 그보다 할아버지가 왜 전에 없이 자꾸 이상한 일을 꾸미는 건지부터 따져 봐야 하지 않을까?"

남궁유아가 언제 귀신 흉내를 냈냐는 듯 단번에 멀쩡한 모습으로 돌아와서 고개를 끄덕였다.

"아참, 그게 있었지!"

남궁유화가 심각한 표정, 의미심장한 눈빛으로 남궁유아와 남궁이성을 번갈아 보며 의견을 냈다.

"이제 우리가 그냥 지켜보는 것만으로는 안 될 것 같아."

남궁유아가 예리하게 눈치챘다.

"사람을 붙이자고?"

남궁이성이 화들짝 놀라며 절레절레 고개를 저었다.

"말도 안 돼! 우리 가문의 누가 할아버지의 이목을 피할 수 있겠어! 그건 나는 말할 것도 없고, 누이들도 안 될 일이야!"

남궁유화가 말했다.

"가문 내에 없으면 가문 밖에서라도 찾아봐야지."

"난 찬성."

남궁유아가 기다렸다는 듯이 대답하고는 남궁이성을 바라보았다.

남궁유화의 시선도 남궁이성에게 돌려졌다.

남궁이성이 한동안 그녀들의 시선을 버티다가 이윽고 어쩔 수 없다는 듯 한숨을 내쉬며 고개를 끄덕였다.

"그래그래! 나도 찬성이다!"

남궁유아와 남궁유화가 잘 선택했다는 듯, 조금만 늦었으면 정말 곤란했을 것이라는 듯 의미심장한 미소를 흘리며 묵묵히 남궁이성의 어깨를 두드려 주었다.

그러다가 남궁유아가 깜빡 잊고 있었다는 듯 사내처럼 손바닥으로 이마를 치며 남궁이성을 바라보았다.

"아차차, 깜빡 잊을 뻔했네!"

남궁유화도 그제야 기억났다는 듯 아차 하는 표정으로 그녀처럼 남궁이성에게 시선을 고정했다.

"그러게, 나도 깜빡 잊고 있었네."

남궁이성이 예사롭지 않은 그녀들의 눈빛에 적잖게 당황하며 턱을 당겼다.

"왜 그래?"

남궁유아와 남궁유화가 누가 먼저랄 것도 없이 동시에 의미심장한 표정을 지으며 한마디씩 했다.

"네가 이리 멀쩡하게 돌아가면 안 되지."

"그래 맞아. 애들이야 다른 곳으로 빼돌리고 죽었다면 그만이지만, 너는 그럴 수도 없잖아. 안 그래?"

남궁이성은 이제야 그녀들의 태도를 이해하며 울상으로 변해서 물었다.

"그래서 어쩌려고?"

남궁유아가 덥석 그의 팔을 잡았다.

"아프지 않게 잘해 줄게."

남궁유화는 그의 다리를 덥석 잡았다.

"나도!"

남궁이성의 눈빛이 공포에 물들어 갔다.

이내 그의 입에서 터져 나온 비명이 대기를 찢으며 밤하늘을 가로질렀다.

"으아아아악!"

인자무적仁者無敵 (7)

"어디서 비명이 들리는 것 같지 않아?"

제갈향이 한 손을 귀에다가 대고 눈동자를 치켜뜨며 말하고 있었다.

마냥 흐뭇한 마음으로 그녀를 쳐다보고 있던 제갈명은 그 모습도 마냥 귀엽고 예쁘기만 해서 절로 미소를 지었다.

"아니, 나는 아무 소리도 안 들리는데?"

실제로 제갈명의 귀에는 아무 소리도 들리지 않았다.

게다가 지금의 그는 동생을 바라보는 것 이외에 다른 건 아무래도 상관없었다.

신경 쓰고 싶지도 않았지만, 신경 쓰지 않아도 되는 일이었다.

풍잔에서도 손꼽히는 고수인 풍사와 광풍대의 이 개 조가 함께하고 있는데, 그가 신경 쓸 일이 어디에 있을 것인가.

그 때문이었다.

제갈명은 옆에 앉은 풍사가 이채로운 눈빛으로 제갈향을 바라보는 것을 전혀 인지하지 못했다.

"그래?"

제갈향이 귀에 댄 손을 내리며 자세를 바로 했다.

자신이 잘못 들었다고 생각했는지 조금은 민망한 표정으로 고개를 숙였다.

제갈명은 눈에 넣어도 아프지 않을 것 같다는 표정으로 그녀를 바라보며 미소를 짓다가 그녀가 고개를 들자 재빨리 고개를 돌려서 옆자리의 풍사를 바라보았다.

사정을 모르는 풍사가 물끄러미 그의 시선을 마주하며 물었다.

"내게 무슨 할 말 있나?"

제갈명은 내친김에 물었다.

"언제부터 아신 겁니까?"

풍사가 머쓱한 표정으로 반문했다.

"나? 아니면 주군?"

제갈명은 짐짓 노려보는 시늉을 하며 대꾸했다.

"전부 다요!"

풍사가 픽 웃으며 그들의 대화에 관심을 보이고 있는 맞은 편의 제갈향을 일별했다.

"누이 앞에서 막 얘기해도 되는 거야?"

제갈명은 풍사의 시선을 따라서 제갈향을 일별하며 대답했다.

"이제 저 아이도 풍잔의 식구입니다."

풍사가 빙그레 웃는 낯으로 수긍한다는 듯 고개를 끄덕이며 말했다.

"대력귀가 생각보다 매우 강호사에 밝아. 그리고 다른 누구보다 주군의 곁에 있는 사람들을 신경 쓰는 편이고."

제갈명이 납득할 수 있는 얘기라는 듯 맞장구를 쳤다.

"도둑이고, 주군을 연모(戀慕)하고 있으니 당연히 그렇겠죠."

풍사가 누구 다른 사람이 들으면 안 된다는 듯이 상체를 제갈명에게 기울이며 나직이 속삭였다.

"연모니 뭐니 그런 말은 우리끼리 있을 때만 하자. 대력귀나 일매, 특히 요미 앞에서는 절대 금물인 거 알지?"

"아야, 그야 물론 알죠."

제갈명이 즉각 대답하자, 풍사가 자세를 바로하며 앞선 이야기를 다시 이어 나갔다.

"그래서 주군은 진즉에 알고 있었던 같고, 나를 비롯한 몇몇은 예전에 주군과 함께 북경상련에 갔을 때 들었지. 그 밖에 다른 애들이야 어디서 어떻게 들어서 알게 되었는지는 나도 잘 모르고."

"하……!"

제갈명은 너무 어이없고 기가 막혀서 절로 헛웃음을 흘리며 확인했다.

"북경상련 갔을 때라면 일 년도 더 지났잖아요? 아니, 다들 그때부터 사정을 다 알면서도 여태까지 제게 일말의 내색도 하지 않았다는 거예요? 저를 매일 봤으면서?"

풍사가 물끄러미 쳐다보며 반문했다.

"내색을 해서 뭐 하게? 도와줄 수 없는 일을 내색하는 것은 흉보거나 비웃는 짓과 다름없는 거야. 말 그대로 놀리는 거지. 설마 우리에게 놀림을 받고 싶었던 거야?"

제갈명은 어색한 미소를 흘리며 쓰게 입맛을 다셨다.

"같이 살면 닮는다더니, 풍 호법님도 예외가 아니군요. 주군처럼 상대의 가슴을 비수처럼 찌르는 말을 이렇듯 아무렇지도 않게 하니 말입니다."

풍사가 머쓱해진 표정으로 물었다.

"그래서 싫다는 거야?"

제갈명이 활짝 웃으며 대답했다.

"너무 멋져서 마음에 든다는 소립니다."

풍사가 당연하다는 듯이 고개를 끄덕였다.

"내가 좀 너무 멋지긴 하지."

제갈명이 뜨악해진 표정으로 풍사를 바라보았다.

풍사가 가만히 그런 그를 바라보다가 이내 픽 웃으며 말했다.

"농담이야."

제갈명이 '누가 그걸 모르냐, 장단을 맞추었을 뿐'이라는 듯이 따라 웃는 참인데, 차분한 모습으로 그들의 대화를 듣고 있던 제갈향이 불쑥 끼어들었다.

"오라버니가 모신다는 그분이 어떤 사람인지 대충 감이 오네. 뛰어난 재능을 지녔고, 고고한 척 언행이 가볍지 않으면서도 필요할 때는 언제든지 솔직담백하게 나서서 아랫사람들을 챙기는 사람. 아주 마음에 들어. 절로 호감이 가. 완벽한 내 이상형인 걸?"

제갈명은 기특하다는 태도로 그녀의 말을 듣고 있다가 말미에 대번에 표정이 일그러지며 다급히 나섰다.

"아니, 저기 향아. 주군은 말이지, 우리처럼 평범한 사람이 제대로 평가할 수 있는 인물이 아니야. 해서, 괜한 사심을 가지고 다가섰다가는 정말이지 크게 마음을 상할 수도 있어. 그러니까, 그게 이를 테면, 보는 건 좋으나, 만지는 건 안 되는 신물과 같은 거지. 다시 말해서……!"

실로 사력을 다하는 모습으로 구구절절 설명하는 제갈명의 낯빛이 서서히 어둡게 변해 갔다.

제갈향의 초롱초롱한 눈빛은 분명 앞에 앉은 그를 보고 있었지만, 그가 담겨 있지는 않았기 때문이다.

그 모습을 본 풍사는 팔짱을 끼고 눈을 감으며 나직이 뇌까렸다.

"여난(女難)일세."

제갈명 일행은 그 후 닷새 동안 황하의 물결과 나란히 이어
진 관도를 따라 서쪽으로 이동해서 하남성을 넘어 섬서성으
로 입성했고, 다시 닷새 동안 섬서성의 중부를 가로질러서 감
숙성으로 입성했다.

이때쯤 중원은 막대한 변혁의 시간을 맞이하고 있었다.

강호 무림인들의 시선이 집중된 가운데 천사교의 개교대전
이 벌어졌고, 무림맹을 이탈한 흑도 방파들의 연합인 흑도천
상회가 정식으로 발족했다.

와중에 죽었는지 은거한 것인지 모르게 사라졌던 전대의 거
마효웅(巨魔梟雄)들이 얼굴을 내밀고, 우후죽순처럼 일어난 군소
문파들의 치열한 다툼이 벌어지며 강호 무림이 크게 술렁거리
기 시작했다.

일각에서는 무림맹, 흑도천상회와 무관하게 무림맹을 지지
한다는 군소 방파들과 흑도천상회에 지지한다는 군소 방파들
간의 싸움이 벌어지기도 했다.

다른 일각에서는 천사교가 서서히 활동 영역을 넓히는 가운
데, 그들에게 저항하는 세력이 나타났다.

천외천의
주인

그러나 세간의 이목은 강호 무림이 아닌 다른 방향에 고정 되어 있었다.

황제가 거하는 응천부와 연왕이 웅크린 북평왕부가 바로 그 곳이었다.

황제가 지병으로 자리에 누웠기 때문이다.

차기 황제는 누구인가, 그 결정에 대해 반목은 없을 것인가 가 세간의 관심이었던 것이다.

그때, 설무백은 새로운 손님을 맞이하고 있었다.

༄

감숙성 난주의 하늘은 서북풍이 실어 온 모래먼지로 뒤덮여 서 뿌옇게 흐려져 있었다.

건조한 바람이 실어온 모래먼지가 가뜩이나 건조한 대기와 건조한 땅을 더욱 메마르게 해서 보리는 이미 타 버렸으며, 겨 우겨우 힘겹게 자라난 옥수수마저 시들어 가는 중이었다.

재작년 겨울에서부터 이어진 가뭄이 어느새 두 번째 겨울을 맞으려는 지금까지도 여전히 패악을 부리고 있는 것이다.

정오를 지난 나절에 밖으로 나가서 그와 같은 난주 지역의 모습을 돌아보다가 땅거미가 지는 무렵이 되어서야 거처로 돌 아온 설무백은 창가의 탁자에 앉아서 절로 씁쓸해진 입맛을 다셨다.

난주가 여러모로 살기 좋은 곳이 아니라는 것은 익히 잘 알고 있었으나, 막상 눈으로 보고 거듭 실감하자 새삼 기분이 좋지 않았다.

늘 곁을 떠나지 않던 공야무륵조차 묘하게 울적한 그의 기색을 읽은 듯 방문 밖으로 나간 그때였다.

일정한 속도로 은밀하게 다가오는 인기척이 있었다.

생경한 인기척이었다.

설무백은 내색하지 않았다.

이건 매우 흔치 않은 상황이었다.

난주성의 외곽을 도는 순찰이야 거리와 시간의 공백이 있으니 얼마든지 돌파가 가능하지만, 성내로 들어와서 이처럼 들키지 않고 풍잔의 경계를 뚫으며 그에게 다가올 수 있는 침입자는 거의 없었다.

정말이지 오랜만에 찾아온 유희의 시간이자, 그간 진보한 혈영과 공야무륵 등의 무력을 객관적으로 평가해 볼 수 있는 기회인 것이다.

결과는 놀라웠다.

설무백 그 자신이 다가오는 인기척의 존재를 느낀 지 불과서너 호흡도 되지 않아서 요미가 동요했다.

다가오는 인기척을 감지한 기색이었다.

공야무륵이 슬쩍 문을 열고 안으로 들어선 것도, 암중의 혈영이 나직한 목소리로 질문한 것도 그와 동시였다.

"손님이 방문한 것 같습니다."

설무백은 실로 감탄했다.

지금 이 정도의 감각은 이전의 그들에게 없던 것이었다.

제아무리 그동안 상대의 기감을 파악하는 수련에 몰두했다고 해도, 참으로 인정해 줄 수밖에 없는 비약적인 발전이었다.

단순히 숨은 상대의 기감을 파악하는 것만 놓고 따진다면 그와 별 차이가 없을 정도인 것이다.

"요즘 돌아가며 임무를 교대한 것이 이 때문이었군."

"예?"

"기감을 파악하는 능력이 전과 다르잖아?"

"아, 그거요."

혈영이 뒤늦게 설무백의 말을 이해하며 자랑하듯 반문했다.

"제법 늘었죠?"

설무백은 픽 웃으며 채근했다.

"대체 어디서 무슨 수련을 하고 있는 거야?"

혈영이 멋쩍다는 투로 대답했다.

"실은 요즘 들어 여기저기서 많이 배우고 있습니다."

"여기저기서 많이 배우다니?"

"얼마 전부터 노야들께서 주군의 곁을 지키는 우리에게 도움을 주고 있습니다. 기감에 관한 방면은 우리 모두 잔월 노야의 도움을 받고 있습니다."

설무백은 내심 적잖게 놀랐다. 매우 기쁘기도 했다.

혈연으로 이루어진 가문이 아닌 이상 제아무리 가까운 사이라도 강호의 무인이 자신의 경험이나 기술, 절기 등을 타인에게 전해 주는 것은 결코 흔한 일이 아니었다.

서로에 대한 신뢰를 바탕으로 엮어진 끈끈한 결속력이 없다면 애초에 가당치도 않는 일이었다.

그는 내색을 삼가며 물었다.

"다들 자발적으로 나선 거라면 나도 기뻐하지."

혹시나 하는 마음에서 건넨 확인이었다.

이건 그가 기뻐해야 마땅할 정도로 좋은 일이긴 하나, 무언가에 강제되어 벌어진 일이라면 최악이었다.

암중의 혈영이 별 걱정을 다 한다는 투로 대꾸했다.

"그냥 기뻐하십시오."

설무백은 그제에 미소를 떠올렸다.

"기쁘네."

암중의 혈영이 잠시 뜸을 들이는 것으로 분위기를 전환하며 말문을 돌렸다.

"꽤나 범상치 않은 자인데 어떻게 할까요?"

설무백은 아무렇지도 않게 의자에 등을 기대고 창밖을 바라보며 말했다.

"그냥 둬."

혈영이 더 묻지 않고 물러났다.

공야무륵도 어깨를 으쓱하며 문가로 물러났다.

설무백은 그제야 위지건의 부재를 깨달으며 물었다.

"위지건은?"

공야무륵이 새삼스럽게 뭘 묻느냐는 표정으로 쳐다보며 대답했다.

"혈영 형이 말했잖습니까."

"응?"

"노야들의 도움을 받고 있다고 말입니다."

"너도……?"

"저야 주군이 주신 것도 아직 다 깨우치지 못한 까닭에 어쩔 수 없이 사양했지만, 그 녀석은 아주 좋아서 환장을 하네요. 아둔한 녀석이 무공에 대한 욕심은 어찌 심대한지, 틈만 나면 침을 질질 흘리며 노야들을 따라다니기에 제가 아주 시간을 내주었습니다."

"잘됐네. 그리고 잘했어."

설무백은 기꺼운 마음으로 짧게 대꾸했다.

조금 더 그에 대한 얘기를 나누고 싶었으니, 그럴 여유가 없었다.

침입자가 어느새 지근거리로 다가와서 그의 주변을 살피고 있었다.

공야무륵이 그의 칭찬에 머쓱해하면서도 더는 나서지 않고 함구해 버린 것도 그 때문일 것이다.

설무백은 그런 공야무륵을 외면하고 창밖으로 시선을 돌리며 말했다.

"잘못 찾아온 거 아니오. 내가 맞으니까 거기서 꾸물대지 말고 어서 들어오쇼."

창밖의 어둠 속에서, 정확히는 전각의 기와지붕 아래 처마의 짙은 그늘 속에 거미처럼 달라붙어 있는 침입자가 흠칫 놀라며 망설이는 기색을 보였다.

설무백은 일순 놀라며 머뭇거리는 그의 기척마저 정확히 간파하고 있었기에 한마디 더했다.

"어차피 이젠 그냥 돌아갈 수도 없을 텐데, 그냥 들어오시지?"

침입자가 그제야 움직였다.

처마에서 떨어지며 한줄기 바람으로 변해서 창문을 통해 안으로 들어왔다.

바람이 멈춘 자리에 사람의 모습이 생겨났다.

느닷없이 나타난 귀신처럼 홀연한 모습이었다.

하지만 설무백은 모든 상황을 꿰뚫어 보고 있었기 때문에 일말의 흐트러짐도 없이 창가의 탁자에 앉은 채로 태연하게 침입자를 바라보았다.

침입자는 햇볕에 그을린 듯 검은 얼굴에 주름이 많고, 반백의 머리를 뒷목에서 질끈 묶어서 길게 늘어트린 노인이었다.

육십 대 초반 정도 되었을까?

눈매가 가늘어서 자칫 성마르게 보일 수도 있지만, 불룩하

천외천의
주인

게 튀어나온 광대뼈와 뭉툭한 코, 두툼한 입술 아래로 밋밋한 턱선의 조화로 인해 초로의 노인처럼 서글서글한 인상이었다.

이런 인상의 노인이 방금 전까지 고도의 은신술을 펼쳐서 풍잔의 경계를 유유히 뚫고 그의 곁에까지 다가온 고수라는 것은 좀처럼 믿기지 않는 일이었다.

그러나 상대, 침입자인 노인은 오히려 역으로 설무백이 대번에 자신의 은신술을 간파한 고수라는 것이 믿기 어려운 모양이었다.

거두절미하고 그것부터 따지고 들었다.

"어떻게 알았지?"

설무백은 나름 솔직하게 대답해 주었다.

"그냥 압니다. 그 정도 능력은 되니까."

침입자 노인이 이렇듯 당찬 대답을 들을 줄은 몰랐는지 잠시 말문이 막힌 표정이다가 이내 다른 것을 따졌다.

"내가 이제 어차피 그냥 돌아갈 수 없게 되었다는 소리는 무슨 뜻이냐? 내가 들어온 길도 되짚어 나가지 못할 정도의 바보 멍청이로 보인다는 거냐?"

설무백은 이번에도 나름 솔직하게 대답해 주었다.

"귀하가 들어올 때의 길을 기억하고 있고 없고는 중요하지 않소. 그저 우리 풍잔이 귀하 마음대로 들락거릴 수 있는 곳이 아니라는 거요."

"어떻게 들어왔는지는 몰라도 나갈 때는 마음대로 나갈 수 없다?"

"바로 그거요."

"어째서?"

침입자 노인이 같잖다는 듯 피식 웃으며 설무백의 말을 인정하지 않았다.

"난 아무리 봐도 아닌 것 같은데?"

"노인네 의심도 많네."

설무백은 침입자 노인의 의도적인 말꼬리 잡기에 비위가 상해서 냉정하게 잘라 말했다.

"똥인지 된장인지 찍어 먹어 봐야 아시는 모양인데, 그럼 그렇게 하시구려. 어서 나가 보시오. 과연 나갈 수 있나 없나."

침입자 노인이 삐딱하게 설무백을 훑어보았다.

"날 잡을 자신이 있나?"

설무백은 절로 미간을 찌푸렸다.

침입자 노인은 정말 사태를 전혀 파악하지 못하고 있었다.

본의 아니게 한숨을 내쉰 그는 보란 듯이 팔짱을 꼈다.

자신은 절대 나서지 않겠다는 시위였다.

침입자 노인이 일그러진 눈초리로 문가의 공야무륵과 실내의 천장을 이리저리 살펴보며 뇌까렸다.

"저 친구와 저 친구들만으로 나를 잡겠다니, 이거 정말 기분 나쁘게 날 너무 무시하는 걸?"

설무백은 절로 고개를 갸웃했다.

"저 친구와 저 친구들?"

암중의 혈영이 재빨리 대답했다.

"애들에게 일부러 기척을 노출하라고 시켰습니다. 기척을 숨기고 있으면 혹시라도 저 늙은이의 의심을 살 것 같아서……기실 주군의 곁을 지키는 암중 경호가 하나도 없다는 것은 정말 이상하지 않겠습니까."

설무백은 수긍하며 고개를 끄덕였다.

침입자 노인의 얼굴이 붉게 달아올랐다.

진실 여부를 떠나서 지금 자신이 농락을 당하고 있다는 생각이 들어서 수치와 분노를 느끼는 것이다.

다만 당장에 화산처럼 폭발할 것 같던 침입자 노인의 울화가 다음 순간 거짓말처럼 소멸되었다.

설무백의 그림자 속에서 요미가 튀어나왔기 때문이다.

"아, 조금 전에 그래서 그랬던 거야? 난 또 그것도 모르고 왜 그러나 싶어서 그냥 숨어 있었는데, 헤헤……!"

침입자 노인의 얼굴이 충격과 경악으로 물들어서 새파랗게 질려 버렸다.

전혀 모르고 있던 요미의 귀신같은 출현으로 말미암아 혈영의 말이 사실임을 깨달은 것이다.

설무백은 그런 침입자 노인의 반응과 무관하게 뜬금없이 창밖을 바라보며 물었다.

"너는 왜 온 거야?"

설무백의 시선이 닿은 곳은 창밖으로 지근거리인 건너편 전각의 처마였다.

거기 양미간 사이에 도드라진 붉은 점으로 인해 어지간히 떨어져 있어도 대번에 누군지 알아볼 수 있는 화사가 쪼그리고 앉은 모습으로 나타나서 신경질적으로 대꾸했다.

"왜긴요. 저 늙은이 때문이죠. 우리 애들이 지키는 지역으로 통과했어요. 애들이 뒤늦게 수상쩍은 행적을 하나 발견했다고 해서 나선 건데, 추종해 보니 여기로 왔네요. 아무튼, 저는 이만 가도 되죠?"

설무백은 무심코 대답했다.

"부르지도 않았어."

자리를 털고 일어나던 화사가 샐쭉해진 표정으로 코웃음을 치더니, 다시 자리를 잡고 앉으며 투정을 부렸다.

"곱게 얘기해 주지 않으면 안 갑니다!"

설무백은 실소하며 말했다.

"알았다. 수고했다. 수고해라."

화사가 크게 선심 써서 이번 한 번만 그냥 넘어가 준다는 식으로 미적미적 일어나며 공수했다.

"그럼 저는 이만……!"

설무백은 못내 쓰게 웃고는 창가의 위쪽으로 시선을 고정하며 한숨을 내쉬었다.

찾아온 사람은 화사만이 아니었던 것이다.

"당신은 또 왜 온 건데?"

열려진 창문 밖으로 불쑥 거꾸로 뒤집어진 대력귀의 얼굴이 나타났다. 창가의 처마에 거꾸로 매달려 있는 것이다.

"노야들이 애들을 가르치는 모습을 구경하고 있었는데, 갑자기 노야들께서 혹시 모르니 한번 가 보라고 해서요."

설무백은 대번에 사정을 간파하고는 말했다.

"별일 아니라고 전해 줘."

"그러려고 했어요. 그럼 저도 이만……!"

담백한 대답과 함께 거꾸로 매달린 대력귀의 얼굴이 순식간에 사라졌다.

설무백은 그제야 심드렁해진 얼굴로 침입자인 노인에게 시선을 주며 물었다.

"어서 가 보셔야지?"

침입자 노인이 헛기침하고는 뚜벅뚜벅 다가와서 설무백의 맞은편 의자에 자리를 잡고 앉았다.

설무백은 이건 또 무슨 의미냐는 눈빛으로 바라보았다.

침입자 노인이 딴 사람처럼 정중하게 공수하며 자신을 소개했다.

"본인은 어르신들을 모시고 흑점의 살림을 맡고 있는 흑혈(黑血)이라고 하오. 일전에 대당가께서 서방관사에게 이르길 한시라도 빠르게 찾아오기를 바란다고 하여 이렇듯 흑점의 어르신들을 대신해서 제가 찾아온 거요."

설무백은 어이없는 표정으로 물었다.

"자신을 너무 무시하는 처사라며 어디 한번 나가 보신다고 하지 않으셨나?"

침입자 노인, 흑혈이 보란 듯 크게 하하 웃고는 안면몰수하며 말했다.

"역시 대당가는 번듯하게 생긴 것처럼 농담도 잘하시네. 그게 그저 말이 그렇다는 거지, 어디 뜻이 그렇다는 거겠소. 내가 똥인지 된장인지 먹어 봐야 아는 바보 멍청이도 아니고 어찌 대당가를 두고 무시니 뭐니 그런 말을 하겠소. 아니 그렇소? 하하하······!"

설무백은 대번에 흑혈의 본색을 짐작하며 물었다.

"당신 야신 매요광, 매 노선배 제자지?"

인자무적仁者無敵 (8)

흑혈은 육십 대의 노인으로 보이면서도 그 연배와 어울리지 않는 무언가가 느껴지는 용모였다.

분명 젊은 것은 아니지만 그렇게 늙은 것도 아닌 사람으로 느껴졌다.

노인답지 않게 어깨가 떡 벌어진데다가 구릿빛 얼굴에 가득한 자글자글한 주름은 늙어서가 아니라 오랜 시간 밖으로만 돌며 햇볕에 그을린 흔적으로 다가왔다.

무엇보다도 압력에 순응해서 한순간에 돌변하는 태도와 그러면서도 전혀 주눅 들지 않는 모습이 매우 흥미로웠다.

설무백이 여태 살면서 이처럼 오묘한 인상을 풍기는 사람을 만나 본 적은 딱 한 번밖에 없었다.

그 때문이었다.

설무백은 새삼스러운 마음과 눈빛으로 다시 한번 찬찬히 흑혈을 살펴보았고, 이내 확신했다.

흑혈의 특이한 용모와 장난처럼 급작스러운 변화가 주는 해학적인 모습이 영락없이 야신 매요광을 빼닮은 것이다.

그리고 그와 같은 그의 예상은 완전하지는 않지만 일정 부분, 아니, 상당 부분 적중한 것이었다.

흑혈은 야신 매요광의 제자는 아니었으나, 야신 매요광의 제자인 야제(夜帝) 천공수(千公需)의 제자였기 때문이다.

"그때가 언제였더라? 아무튼, 볼일이 있어서 항주에 갔을 때였다."

"도둑의 볼일이야 뻔하죠, 뭐."

"큼, 항주에서 며칠 묵던 중에 하루는 야경을 구경하려고 자시(子時 : 오후 11~오전 1시)경에 저잣거리로 나갔지."

"역시……."

"그런 거 아니라니까! 다른 도성은 자시가 되면 통행이 금지되고 순포(巡捕)들이 딱따기를 치며 돌아서 나 같은 부류인 야행인(夜行人)들의 천국이 되지만 항주는 달라! 거긴 그 시간에 오히려 더 많은 향락객들이 거리로 나선다고!"

"그럼 소매치기…….."

"큼! 아무튼, 그래서 낮과는 다른 항주의 진면목인 야경을 둘러보는 중이었지. 사람들이 정말 엄청 많았어. 말했듯이 항주는 그 시간이 야경이 절정이거든. 특히 저잣거리는 여행객과 장사치들, 밤 산책을 나온 인근 항주부민(杭州府民)들로 아주 바글바글했지."

"일하기 좋으셨겠네요."

"야, 너 정말 어른 말씀하시는데 자꾸 이따위로 말 끊을래?"

"계속 말씀하시죠, 어르신!"

"……그래서……? 너 때문에 까먹었잖아!"

"'저잣거리가 사람들로 바글바글'까지 말했어요."

"아, 그래, 저잣거리! 바글바글! 그러니까 오가는 사람들 간에 어깨를 부딪치지 않으면 길을 갈 수 없을 정도였는데, 그때 그 녀석을 만났지."

"하나 있다는 그 제자분 말이죠?"

"제자는 무슨, 그냥 영특해 보이기에 한 수 전해 준 거지."

"그게 제자인 거예요."

"……."

"알았어요, 조용히 있을 테니, 어서 계속 말씀하세요."

"큼! 그때 나는 사람 속에서 숨어 다니고 있었지. 몸을 숨기는 것이 아니라 약간의 요령을 부려서 사람들의 기억에 오래 남지 않게 하며 걸어 다니고 있었다는 거다."

"그런 것도 가능해요?"

"사람들이 잘 보지 않는 곳, 막상 봐도 별스럽지 않게 스쳐 지나가 버리는 장소로만 걸으면 되는 거야."

"어깨를 부딪치지 않고는 걸을 수 없을 정도로 사람들이 북적거렸다면서요? 그런 거리에서 어떻게 그게 가능하죠?"

"사람의 머리가 그래. 의외로 단순해서 매순간 보고 느끼기는 해도 막상 기억에 챙겨 두는 것은 그다지 많지 않아. 많은 것을 보면 볼수록 더욱 그렇지. 물론 아무리 그래도 매순간 사람들이 흘려보고 지나는 위치를 선정해서 걷는 것이 쉬운 일이 아니라 아무나 할 수 있는 것은 아니지만, 나야 가능하지."

"야무영 속의 완보(完步)요?"

"그래, 그거다. 간단하게 말해서 기세를 숨기고 주변의 사물 속에 파묻힌 채로 걷는 거다. 기실 우리 계통에서는 빠르게 움직이는 것보다 그걸 더 높은 경지의 신법으로 보고 있지. 그래야 작업이 보다 더……."

"야경을 구경하러 나가셨다면서……?"

"습관! 본능!"

"아, 예……."

"아무튼, 그런데 그때 누군가의 손이 내 품으로 들어온 거야. 하룻강아지 범 무서운 줄 모른 격이고, 강물이 용왕묘(龍王墓)를 침범한 격이었지."

"그 손의 주인이 바로……?"

"그래, 그 녀석이었다. 그때 나는 빠르진 않았지만 정말 느긋한 그 녀석의 손길이 재미있어서 뒤늦게 그 녀석의 손을 잡아챘어. 그리고 그 녀석의 태도가 너무 마음에 들어서 한 수 가르쳐 주기로 마음먹었지."

"어떻게 반응했는데요?"

"그게 소매치기를 하다가 손을 잡힌 놈이 묘하게도 겁에 질린 태도로 빌기는커녕 나를 보고 히죽 웃으며 이러는 거야. '저 천공수라고 하는데, 다음에는 절대 안 걸릴 테니, 이번 한 번만 봐주시죠?' 라고 말이야."

"뻔뻔스러운 넉살이 마음에 들었다는 건가요?"

"그런 셈이지. 그게 배포가 없으면 가당치 않은 일이거든. 비록 아직 미완이었고, 전력을 다한 것도 아니긴 하지만, 기본적으로 나의 완보를 꿰뚫어 보는 눈을 타고 났다는 것도 매력이 있었고 말이야."

"그런데 왜 하필 무기명 제자입니까? 그렇게나 마음에 드셨으면 기명 제자로 받으셔도 되지 않았나요?"

"그냥."

"그냥이요?"

"매사가 조금 과해서 곁에 두기 피곤했어. 예를 들면 야제라는 별호도 녀석이 자기 멋대로 지은 거야. 사부가 신(神)이니 자신은 왕(王) 정도는 되어야 하지 않겠냐면서."

설무백은 자신의 질문을 듣고 화들짝 놀라면서 대체 그걸 어떻게 알았냐고 반문하는 흑혈을 바라보며 절로 지난날 무저갱에서 야신 매요광과 나누던 대화속의 야제 천공수와 눈앞의 흑혈을 비교해 보았다.

여러모로 닮았다.

말이면 말, 태도면 태도가 매요광의 설명을 듣고 그린 것 같았다. 빼박은 듯이 닮았다는 말을 실감할 정도였다.

"누구라도 그냥 알 거야. 당신 사부를 알고 당신을 만나면."

설무백의 대답을 들은 흑혈이 미심쩍은 표정으로 연신 고개를 갸웃거렸다.

객관적인 제삼자의 시선이 이래서 무섭다.

누구라도 자기 자신의 모습을 제대로 볼 수 있는 사람은 드문 것이다.

"그보다 이제 제대로 얘기해 봐. 대체 흑점의 어떤 자격으로 나를 만나로 온 거야?"

묘하다면 묘하고 신기하다면 신기한 상황에 절로 웃은 설무백은 이내 태연한 하대로 말문을 돌렸다.

흑혈이 매요광의 제자인 천공수의 제자라는 것이 드러난 이상 그가 말을 가릴 이유가 사라졌다.

강호 무림의 서열은 나이로 정해지는 것이 아니기 때문이다.

무기명 제자라도 제자는 제자인 이상, 천공수의 제자인 흑혈은 그에게 사손뻘이 되는 것이다.

흑혈도 그걸 인정하는 듯 공손하게 대답했다.

"제가 오대관사를 거느린 흑점의 총관입니다. 부족하지만 제가 야제 어르신만이 아니라 나머지 두 분이신 흑천신 어르신과 유령노조(幽靈老祖) 어르신의 공동 제자이기도 해서 맡은 지위입니다."

설무백은 적잖게 놀랐다.

흑혈이 예사롭지 않은 지위를 가졌을 거라는 생각은 했지만, 무려 흑점의 주인들의 공동 제자라고는 미처 예상하지 못한 일이었다.

그는 자못 미심쩍은 눈초리로 흑혈을 쳐다보며 물었다.

"그런데 왜 이렇게 약해?"

야신 매요광의 제자인 야제 천공수와 지략가로 알려진 유령노조는 제쳐 놓아도, 흑천신은 과거 오래전부터 이미 어둠의 상인들을 보호하는 흑점의 수호신이라고 알려졌을 정도로 엄청난 고수였다.

그런 절대 고수의 제자가 고작 지금의 수준이라는 것은 설무백의 관점에서는 선뜻 이해하기 어려운 일이었다.

그러나 흑혈의 관점에서 설무백의 말은 억울한 의심이었다.

"저 안 약한데요? 저기, 그러니까, 사숙이 잘 모르시는 것 같은데, 저 상당히 강한 편입니다."

설무백은 순간적으로 손을 뻗어서 흑혈의 목덜미를 잡았다.

흑혈이 앞에서 뻔히 보면서도 피하지 못하는 기묘한 손 속이었다.

당황과 당혹으로 일그러진 흑혈의 얼굴이 속절없이 당겨져서 설무백의 얼굴을 마주했다.

설무백이 두 눈을 멀뚱거리며 말했다.

"약하잖아?"

흑혈은 이를 인정하지 않았다.

수치를 느낀 듯 붉게 달아오른 얼굴로 변한 그가 다급하게 말했다.

"이렇게 갑자기 기습을 하면…… 억!"

흑혈의 몸이 설무백의 손에 잡힌 채로 들어 올려졌다.

설무백은 그렇게 멱살을 잡은 채로 일어나서 흑혈의 몸을 들고 탁자의 옆으로 나섰다.

그리고 흑혈의 목을 풀어 주며 슬쩍 뒤로 밀쳤다.

밀려나간 흑혈이 얼추 서너 장 정도의 거리를 두고 설무백을 마주했다.

"다시 간다?"

설무백은 짧게 경고하고는 다시금 손을 뻗어서 흑혈의 목덜미를 잡아갔다.

과연 이번의 흑혈은 앞서처럼 그대로 가만히 서서 당하지 않았다.

반사적으로 손을 내밀어서 설무백이 뻗어 낸 손을 막으려고 들었다.

설무백은 뻗어 내던 손에 약간의 변화를 가미했다.

흑혈이 방어를 위해서 내미는 손을 측면으로, 정확히는 안에서 밖으로 밀치며 곡선을 그리는 동작으로 목덜미를 잡아가는 변화였다.

방어를 위해서 뻗어 내는 흑혈의 손 속을 그린 듯이 정확히 보며 그보다 빠르게 움직일 수 있기에 가능한 손 속이었다.

"크으……!"

숨이 막힌 흑혈이 고통스럽게 일그러진 얼굴로 사정했다.

"예, 약하네요. 이제 보니 저 약합니다."

설무백은 그제야 흑혈의 멱살을 놓아주고 아무렇지도 않게 손을 털며 탁자의 의자에 앉았다.

흑혈이 이제는 감히 앉지도 못하고 탁자의 곁에 서서 설무백의 눈치를 보았다.

생전 처음 야수를 만난 사냥꾼처럼 주눅이 든 모습이었다.

설무백은 그런 흑혈을 쳐다보지도 않고 손바닥으로 가볍게 탁자를 두드리며 말했다.

"앉아."

흑혈이 서둘러 자리에 앉았다.

설무백은 탁자에 놓여 있던 차를 따라서 흑혈에게 건네주는 것으로 분위기를 바꾸며 물었다.

"내가 무엇을 원하는지 들었지?"

흑혈이 고개를 끄덕이며 재빨리, 그러면서도 더 없이 정중해진 목소리로 대답했다.

"흑점의 야시를 무기한 포기할 것, 그리고 언제라도 좋으니 최대한 빠른 시일 내에 찾아올 것. 이렇게 두 가지라는 얘기를 들었습니다."

설무백은 거듭 물었다.

"내가 자다가 봉창 두드리는 것처럼 왜 느닷없이 흑점의 사자를 찾아가서 그런 말을 했는지 알아?"

흑혈이 망설이지 않고 대답했다.

"모릅니다. 다만 저는 역으로 흑점의 상부가 한시라도 빨리 찾아오기를 기대하며 흑점의 야시를 무기한 포기하라는 말도 안 되는 조건을 내걸었다고 생각했습니다. 실제로 그래서 빨리 달려오기도 했고 말입니다."

"흑점이 무기한 야시를 포기하는 것은 말도 안 되는 얘기다?"

"아, 그게, 저의 생각이 그랬다는 거지, 실제로 그게 말이 되는지 안 되는지는 모릅니다. 사숙이 정말 그것을 원하신다면 보다 세밀하게 따져 봐야겠지요."

"흑혈의 생각은 알았고……."

설무백은 입가에 특유의 미온한 미소가 드리우며 재우쳐 물었다.

"거기 웃어른들의 생각은 어떨 것 같아?"

"도발하려고 그냥 한 말이 아니라, 진심으로 그걸 원한다는 겁니까? 흑점의 무기한 폐장을 말입니까?"

흑혈이 사뭇 딱딱하게 굳어진 얼굴과 묘하게 변한 눈초리로 매우 조심스럽게 설무백의 바라보고 있었다.

설무백은 딱히 뭐라고 단정할 수 없는 흑혈의 태도에서 무언가 느낌을 받으며 불쑥 반문했다.

"지금 세상이 어떻게 돌아가는지 알고 있지?"

"천사교의 발호를 염두에 두신 질문이겠죠?"

"정말 천사교만이라고 생각해?"

나도 그 정도는 잘 알고 있다는 태도로 대답한 흑혈의 얼굴이 굳어졌다.

눈동자가 불안하게 흔들리고 있었다.

설무백은 내심 고개를 끄덕였다.

흑혈의 반응이 사태의 본질을 꿰뚫고 있는 자의 놀람으로 보였기 때문이다.

역시나 흑혈도 아니, 흑점도 그동안 천사교의 동향을 예의주시했고, 어느 정도 배후가 있는 것 같다는 예상도 하고 있었던 것이다.

이윽고, 애써 평정을 되찾은 흑혈이 물었다.

"혹시 그에 대해 아는 것이 있습니까?"

설무백은 꽤나 적극적인 흑혈의 태도에 매우 만족하며 있는 그대로 솔직하게 대답해 주었다.

"다는 아니지만, 어느 정도?"

흑혈이 즉시 자리를 털고 일어나며 공수했다.

"흑점의 폐장은 제가 결정할 문제가 아니니, 최대한 빠른 시일 내로 어르신들과의 자리를 마련하겠습니다!"

제갈명 일행이 풍잔으로 돌아온 것은 흑점의 총관인 흑혈이 돌아가고 이틀이 지난 다음이었다.

설무백은 그사이 정기적으로 들어오는 하오문의 정보를 통해서 강호 무림의 동향을 파악하고 있었다.

작금의 강호 무림은 매시간 급변하며 하루가 다르게 새로운 판도가 열리고 닫히는 중이었다.

강호 무림의 호사가들은 자금의 강호 무림을 과거 춘추전국시대(春秋戰國時代)나 오호십육국시(五胡十六國時代)와 비교할 정도였다.

전대의 거마효웅들이 속속들이 등장해서 패악을 부리고, 우후죽순처럼 난립하는 중소 방파들 사이에서는 어제의 패주가 오늘의 몰락으로 이어지는 사태가 수시로 벌어지고 있으니 그럴 수밖에 없었다.

그리고 그것은 무림맹의 영향력이 작금의 강호 무림을 전혀 통제하지 못하고 있다는 방증이었다.

어느새 자리를 잡고 확장에 들어간 천사교의 위세는 너무나도 강대한데, 사대 흑도를 중심으로 뭉친 흑도천상회로 인해 기존의 흑도들마저 이탈해 버린 무림맹의 힘으로는 작금의 강호 무림을 통제하기가 역부족일 수밖에 없는 것이다.

그 때문이었다.

강호 무림의 변방에 속하는 감숙성 난주의 터줏대감으로 자리 잡은 풍잔의 명성 하루가 다르게 욱일승천(旭日昇天)이었다.

아니, 정확히 말하면 풍잔이 아니라 백사방과 대도회, 홍방의 명성이었다.

풍잔이 대외적으로 벌이는 모든 일을 그들, 세 방파의 이름으로 처리하기 때문에 벌어지는 일이었다.

덩달아 그들, 세 방파의 수뇌인 작도수 이칠과 팔비수 양의, 그리고 설무백의 지명으로 홍당을 맞은 광풍삼랑 노사가 전국적인 명성을 얻고 있었다.

이유는 의외로 간단했다.

어느 누구의 입에서부터 시작되었는지는 모르겠으나, 다른 지역에서는 활개를 치는 천사교의 무리와 난세를 틈타 한몫 잡으려는 듯 얼굴을 내미는 전대의 거마효웅들이 난주에는 전혀 발길을 들이지 못하고 있다는 소문이 강호 무림 전역으로 퍼져 나간 까닭이라는 것이 하오문의 보고였다.

낭중지추(囊中之錐)라, 주머니 속의 송곳이 그러하듯 재능이 뛰어난 사람은 숨어 있어도 저절로 남의 눈에 드러나게 되는 것처럼 입에서 입으로 전해진 그들, 세 방파의 이름이 어느새 강호 무림 전역에 알려진 것이다.

물론 그들, 세 방파의 주군 가문이 풍잔이라는 것도 이미 아는 사람이 적지 않아서 풍잔의 이름 역시 강호상에서 소문 없이 유명해졌고 말이다.

풍잔은 그와 같이 발전한 위상과 급변하는 강호 무림의 정세를 주지하며 더욱 단단한 결속을 다졌다.

설무백의 명령이었다.

설무백의 입장에선 그럴 수밖에 없었다.

작금의 강호 무림은 그가 기억하고 있는 전생의 역사와 크게 달라져 있었다.

특히 사건과 사고로 대변되는 역사의 흐름이 매우 **빨랐다**.

마치 시간을 당긴 것 같았다.

아직 황조가 바뀌지 않은 시점임에도 강호 무림의 변화는 어느새 황조가 바뀌고 나서 그가 강호 무림의 재앙이라고 보는 환란의 시대를 맞이하고 있는 모습이었다.

물론 엄밀히 따지면 차이가 있기는 했다.

그가 기억하는 환란의 시대는 어느 한순간 태풍처럼 피바람이 몰아치며 강호 무림이 일거에 뒤집어진 것에 반해, 작금의 강호 무림은 마치 솜에 물이 스며드는 것처럼 느린 듯 느리지 않는 속도로 변화했다.

다만 작금의 변화도 결코 느리지 않았다.

전생에 비해서 느린 것이 분명했지만, 와중에 벌어진 수많은 변수 때문에 더욱 복잡한 과정을 거쳐서인지 그가 체감하는 속도는 별반 차이가 없었다.

설무백이 명령까지 내리며 대놓고 동료들의 태도와 마음가짐을 단속하는 이유가 거기에 있었다.

전생의 기억과 다르게 진행되는 작금의 역사를 인지하고 인정하며 만반의 준비를 갖추려는 것이다.

제갈명 등이 풍잔으로 돌아왔을 때, 설무백이 자시(子時 : 오후 11시~오전 1시)로 넘어간 야심한 시간까지 실내 연무장인 풍무관에 있었던 것도 그 때문이었다.

설무백은 광풍대를 비롯한 풍잔의 후기지수들이 언제나 모여서 수련하는 모습을 지켜보며 틈틈이 도움을 주고 있었다.

비록 교두(敎頭)로 나선 검노나 쌍노, 예충, 검매 등에게 시시때때로 구박 아닌 구박을 받기도 했지만 말이다.

"무슨 발이 그리 느려? 풍령신은 다양한 변초에 대비할 수 있도록 변화무쌍한 투로를 가진 보법이긴 하지만, 일단 공격에 나설 때는 적과 가장 빠르게 이어질 수 있는 선을 따라서 이동하는 것이 기본이잖아! 그런데 왜 정면에 있는 상대를 두고 측면으로 움직이는 거야? 상대의 움직임을 예측해서 공격하다가 역공을 당하면 답도 없다는 거 아직도 몰라서 그래? 그리고 그 손동작은 또 뭐야. 손을 왜 그렇게 번잡스럽게 놀려? 풍령권의 기본은……!"

"저기, 주군……?"

설무백은 풍무관의 한쪽에서 대련하는 광풍사십사랑 청면사와 광풍사십오랑 대왕서의 움직임을 지켜보다가 답답한 마음에 나섰으나, 그보다 더 답답하다는 표정으로 나선 검매 사문지현의 제지를 받았다.

"뭐야? 얘들도 안 된다고?"

설무백이 어리둥절해서 묻자, 사문지현이 한숨을 내쉬며 말했다.

"주군이 보는 속도와 저치들이 보는 속도는 완전히 다릅니다. 어른과 아이가 같은 속도로 움직일 수는 없지 않겠습니까."

"설마 그 정도 차이까지야……."

"납니다, 그 정도 차이가!"

"……."

"앞으로는 광풍대도 이십 위권, 아니, 가능하면 십 위권까지의 수련만 참견하세요. 그 정도는 되어야 겨우 주군의 시선을 맞출 수 있을 테니까요."

"그렇게나?"

"주군은 주군의 무력을 너무 과소평가하는 경향이 아주 강합니다. 그래서 이런 일이 벌어지는 겁니다."

"아니, 나는 지극히 객관적인 시선으로 나 자신을……."

"아니요. 절래 그렇지가 않아요."

"……."

"실례로 방금 전 주군은 풍령신이 추구하는 방식대로 상대와의 최단 거리를 찾아내고 그 거리를 직선으로 다가가 상대를 공격할 수 있는 투로를 저치들에게 알려 주셨어요. 그렇죠?"

"그랬지. 그게 바로 풍령신의 탁월한 묘용이니까."

"풍령신의 그 탁월한 묘용을 주군은 이미 깨우쳤지만 저치들은 아직 아닙니다. 거기까지 가려면 아직 멀었습니다."

"……."

"그래서 저치들은 나름 완벽한 공격을 위해서 예비 동작을 취하고, 그것도 부족해서 사전 동작으로 적을 기만하는 것까지 동원하는 겁니다. 주군의 눈에는 그게 거추장스럽고 전혀 불필요한 동작으로 보일 테지만, 저치들에게는 그게 필수적인 동작이라는 소립니다. 왜요?"

사문지현이 말미에 질문하고 스스로 답했다.

"저치들은 아직 주군처럼 풍령신의 묘용을 완전히 깨우치지 못했으니까요."

"……."

"그러니 아까 제가 말씀드린 것처럼 지금 이 시간은 참관하지 마시고, 새벽녘에 따로 모이는 애들이나 지도해 주세요. 걔들은 주군의 지도를 어느 정도는 따라갈 수 있을 테니까요."

자시가 지나고 축시(丑時 : 오전 1시~오전 3시)가 되면 풍잔의 후기지수들이 따로 남아서 벌이는 연무가 시작된다.

물론 그들은 지금도 장내에서 연무를 하고 있으나, 검노와 쌍노의 지도를 받고 있어서 그가 끼어들 여지가 없었다.

아니, 설령 끼어들 여지가 있어도 끼어들지 말아야 했다. 그의 부탁을 듣고 나선 사람들의 시간을 그가 끼어들어서 망칠 수는 없는 것이다.

설무백은 두말없이 수긍하고 물러나서 돌아서며 중얼거렸다.

"양가장에나 가 봐야겠네."

풍잔의 식솔들이 밤낮 없는 수련의 시간을 보내고 있는 것처럼 양가장의 아이들도 마찬가지였다.

사문지현이 깜빡 잊었다는 듯 아차하며 말했다.

"대력귀 언니가 당분간 양가장에 오지 말라고 하네요."

"아니, 왜?"

"전에 주군께서 거기 아이들을 지도해 준 것 때문입니다. 주군의 십자경혼창은 이미 대성을 넘어서는 경지로 접어들어서 기본적으로 형(形)에 추호도 얽매이지 않는 경지예요. 다시 말해서 주군은 십자경혼창의 형이, 즉 초식이 무의미하다는 얘기죠. 그런 분이 자신의 깨우침대로 아이들을 지도했으니 도움이 되기는커녕 방해만 되었던 겁니다."

"……."

"참, 생각도 없으시지. 걸음마를 하고 있는 애들에게 전력질주를 하는 게 빠르다고 가르쳐 주시다니. 대력귀 언니 왈, 자신이 일찍 발견한 덕분에 애들이 망가지지 않은 줄이나 아시랍니다."

설무백은 거듭 이어진 사문지현의 타박을 듣고도 아무런 반박을 할 수가 없었다.

생각해 보니 반박의 여지가 없었다.

필요하면 언제든 초식이라는 이름으로 정해진 형의 굴레를 벗어던지고 새로운 형을 창조하는 것이 지금의 그였다.

지금 그의 십자경혼창은 따로 초식이 필요하지 않은 경지에 도달한 것이다.

그런 그가 일전에 무심코 자신이 깨우친 방식에 따라 아이들을 가르쳤으니, 문제가 일어나지 않는다면 그게 오히려 이상한 일일 터였다.

"축시라고 했지?"

설무백은 머쓱한 마음에 후기지수들의 수련 시간을 물어보는 것으로 말문을 돌리며 돌아섰다.

사문지현이 생각해 보니 일부러 그런 것도 아닌데 자신이 너무 심하게 굴었나 싶었는지 슬쩍 한마디 건넸다.

"정 무료하시면 풍무장이나 가 보세요. 얼마 전부터 잔월 노야와 사사무 등이 거기서 재미있는 놀이를 하는 것 같더군요."

"재미있는 놀이?"

"가서 보세요."

안 그래도 설무백은 이미 발걸음을 재촉하고 있었다.

그런데 풍무관 밖으로 나선 그의 눈에 제갈명을 데려온 풍사와 융사, 그리고 광풍이랑 청면수를 위시한 광풍대원들이 들어왔다.

마침 그때 풍잔에 도착한 그들이 풍무관으로 설무백을 만나러 왔던 것이다.

"다녀왔습니다."

풍사가 가장 먼저 설무백을 보고 인사했고, 뒤를 이어 그를 발견한 제갈명과 융사, 청면수 등이 따라서 고개를 숙였다.

설무백은 묵묵히 그들의 인사를 받으며 제갈명의 곁에 서 있는 제갈향부터 확인하고 나서 풍사를 향해 물었다.

"별일 없었지?"

풍사가 대답했다.

"조금 묘한 일이 있었습니다."

"어떤 묘한 일?"

"남궁세가의 남궁이성이 무사들을 데리고 제갈 군사의 뒤를 따라왔습니다. 원래는 누군가에게 제갈 군사를 죽이라는 명령을 받았는데, 아는 다른 누군가가 그러지 말라고 해서 포기했다며 그냥 보내 주더군요."

설무백은 절로 어이없는 표정을 지으며 물었다.

"뭐야? 누군가는 누구고, 다른 누군가는 또 누구라는 거야?"

풍사가 피식 웃으며 대답했다.

"누군가가 누군지는 모릅니다. 다만 다른 누군가는 남궁유아와 남궁유화 자매 중 한 사람으로 보입니다."

"이유는?"

"모습을 드러내진 않았지만, 그녀들도 남궁이성과 함께 왔었습니다."

설무백은 왠지 모르게 미심쩍은 마음에 들어서 쓴 입맛을 다시고는 그제야 제갈명에게 곱지 않은 시선을 주며 끌끌 혀를 찼다.

"너는 그러고 싶냐?"

제갈명이 자못 반항적인 눈빛으로 설무백의 시선을 마주하며 투덜거렸다.

"아셨으면 알은척이나 좀 하지, 그걸 그리 내내 감춰서 사람을 이리 바보로 만드십니까?"

설무백은 짐짓 눈을 부라렸다.

"잘하면 치겠다?"

제갈명이 자못 찔끔하며 딴청을 부렸다.

그때 그의 곁에 서 있던 제갈향이 해맑은 얼굴로 방실거리며 나서서 설무백에게 인사했다.

"안녕하세요. 제갈향이라고 해요. 아시는 바 그대로 비취호리 제갈명의 누이동생이지요."

그리고 설무백의 대꾸나 반응도 보지 않고 갑자기 비 맞은 중처럼 혼잣말로 중얼중얼 읊었다.

"제아무리 뛰어난 재능을 지녔어도 언행이 가벼우면 신뢰받지 못하고, 반면에 높은 이상에 집착한 나머지 의식적으로 고고한 척하거나 냉담함을 유지하면 주위에 사람이 모이지 않죠. 해서, 늘 솔직담백한 모습이 진정한 사내의 전범이라고 하는데, 실례지만 백발 아저씨, 당신은 어느 쪽이죠?"

설무백은 대답 대신 안색을 굳혔다.

제갈향의 질문이 갑작스럽고 당돌해서 화가 난 것이 아니었다.

그녀의 질문이 끝나기 무섭게 그의 시야에 들어온 주변의 환경이 일시지간에 바뀌었기 때문이다.

지금 그는 까마득히 아득한 천 길 낭떠러지에 홀로 서 있었다.

환술이었다.

설무백은 못내 제갈향의 질문에 대한 대답을 뒤로 미룬 채 흥미로운 눈길로 사위를 둘러보았다.

지금 눈에 보이는 모든 사물이 무언가 진법으로 만들어진 허상이라는 것쯤은 모르지 않았다.

다만 놀랍도록 완벽한 허상이었다.

천하의 그 어떤 신공의 변식이나 실초와 허초도 능히 첫눈에 파악할 수 있다고 자부하는 그의 눈으로도 허상의 실체가 전혀 파악되지 않았다.

제아무리 현묘한 현문이학이나 좌도방문의 환술이나 기문진법도 기본적인 맥락은 상대의 시야를 어지럽히고 정신을 산

란하게 만들어서 허점을 노리는 수법에 불과하다고 생각하는 그의 고정관념이 와르르 무너지는 순간이었다.

도가의 공부 중에는 귀신(鬼神)들의 세계를 접하고, 그 세계에 들락거리는 신비의 학문인 기문둔갑술이 존재하고, 그 속에는 실체와 허상을 구현하고 허상으로 실체를 구현하는 환술과 기문진법이 존재한다는 말을 듣고도 그는 그저 그러려니 하며 믿지 않았다.

전설은 소문과 같아서 과장되기 마련이라고 생각했기 때문이다. 하지만 이제는 아니었다.

이제 그는 믿을 수 있을 있었다.

얼마 전 신안신군의 술법에 이어 지난 번 흑점의 야시에서 경험한 것을 더하면 이런 식의 술법과 기문진식을 경험하는 것이 벌써 세 번째였다.

한순간에 뒤바뀐 환경, 분명 허상이라는 것을 알면서도 실체로 보이고 느껴지게 하는 기문진식의 실제를 이젠 그도 인정할 수밖에 없었다.

짝짝짝—!

설무백은 진심으로 감탄하며 박수를 쳤다.

"놀랍군. 정말 대단해. 그 나이의 공부가 이 정도라니, 실로 경이적인 재원(才媛)이야."

제갈향이 대답했다.

"대답을 회피하며 그런 호기를 부리는 것은 옳지 않아요. 가식으로 느껴지니까. 어서 대답해요."

위치를 모르게 사방에서 들려오는 그녀의 목소리는 장난감을 빼앗긴 아이처럼 약간 뾰로통하게 느껴졌다.

설무백은 당돌한 그녀의 돌발적인 행동으로 말미암아 이미 그녀가 조신한 규중처녀는 아니라고 생각한 까닭에 지금의 태도도 상당한 자부심과 그에 준하는 승부욕으로 다가왔다.

상대를 누르고 지배하려는 심성이 강한 여자라는 느낌이었다.

설무백은 절로 픽 웃었다.

어디서라도 둘째가라면 서러워할 반골 기질이 발동하는 웃음인데, 그에 앞서 그녀의 반응이 궁금하기도 했다.

그는 내심 조금 더 그녀를 상대해 주기로 마음먹으며 물었다.

"내가 대답하지 않으면 어떻게 되는 거지?"

당돌하면서도 자부심 가득한 제갈향의 목소리가 다시금 사방에서 들려왔다.

"창피 아니, 수모를 당하게 되겠죠."

"어째서?"

"질문을 통해서 지금 자신이 처한 상황에 대한 정보를 조금이라도 얻으려고 하고, 그사이에 얻어진 시간을 활용해서 빠져나갈 틈을 찾아보려는 시도 아주 좋아요."

제갈향이 북을 치고 나서 장구도 쳤다.

"하지만 소용없을 거예요. 지금 제가 당신을 가둔 기문진식은 대충 시야나 가리고 감각이나 조성하는 하류 수법이 아니니까요. 제가 마음만 먹으면 당신을 족히 한 달 이상 거기에 가둘 수 있으니, 절대 쉽게 생각하지 마세요."

설무백은 추호도 동요하지 않으며 태연하게 반박했다.

"아닐걸? 나는 얼마든지 지금 당장 이 기문진을 벗어날 수 있어. 내가 명령 한마디만 내리면 당신은 그 자리에서 죽을 거고, 이런 식의 기문진은 거의 대부분 진을 펼친 자가 죽으면 무용지물이 되는 법이니까."

그는 아차 하는 태도로 덧붙였다.

"아, 물론 목소리가 아니라 전음으로 말이야. 설마 이 기문진이 천리전성(千里傳聲)이나 혜광심어(慧光心語)에 준하는 고도의 전음입밀(傳音入密)까지 차단할 수 있는 건 아니지?"

제갈향이 어림없다는 듯 코웃음을 쳤다.

"가당치 않은 얘기를 하시네요. 벌써 잊었나요? 지금 당신을 가둔 것은 시야나 가리고 감각이나 조성하는 하류 수법이 아니라는 제 말? 제가 죽어도 당신을 가둔 기문진은 결코 소멸되지 않아요."

"그런가?"

설무백은 대수롭지 않게 잘라 말했다.

"그럼 두 번째 방법을 써야지. 제갈명을 인질로 잡아서 당신을 위협하는 거야. 설마 내 고집 한번 꺾어 보려고 당신을 구하기 위해서 목숨을 걸고 무림맹까지 찾아간 오라버니를 위험에 빠트리지는 않겠지?"

제갈향이 크게 당황해서 말을 더듬었다.

"다, 당신 그렇게나 비겁한 사람인가요?"

"응."

설무백은 아무렇지도 않게 인정하며 빙글거리는 낯으로 부연했다.

"내가 이래 봬도 파락호 기질이 꽤나 풍부해서 가끔 비열함을 미덕으로 아는 사람이거든."

"……!"

제갈향이 침묵했다.

너무 어처구니가 없어서 말문이 막힌 것 같았다.

설무백은 내심 흥미진진하게 제갈향의 반응을 기다렸다.

그러나 오랜만에 찾아온 그의 유희를 요미가 방해했다.

"알았다!"

요미가 설무백의 그림자에서 튀어나오며 말했다.

"이거 공명(孔明)의 팔괘진(八卦陳)에 중문(中門) 하나를 더해서 구궁진(九宮陳)으로 변형시킨 기문진이네!"

팔괘진은 그 옛날 삼국시대에 와룡(臥龍)이라 불리던 천재 책사(策士)인 제갈공명(諸葛孔明)이 동시대의 책사인 사마중달(司馬仲達)을 맞아서 싸울 때 사용한 진법이었다.

당시 병법가들은 팔괘진에 갇히면 실로 막대한 손해를 감수하지 않으면 절대 빠져나올 수 없다며, 적을 깨트리는 데 있어서 이보다 더 신묘한 진법은 없다고 모두가 입을 모아 찬양했고, 작금의 이르러서도 수많은 병법가들이 그 명맥을 유지, 계승하고 있었다.

이는 팔괘진이 기본적으로 위력에 비해 펼치기가 쉬울 뿐만 아니라 병사들을 지휘하기도 용의하고 거두기도 쉽기 때문이라고 하는데, 요미는 제갈향이 바로 제갈공명의 팔괘진을 기문진식으로 변형하고 거기에 다시 일문을 추가하는 것으로 새로운 형태인 구궁진으로 변화시켰다는 것을 대번에 파악한 것이다.

'역시……!'

설무백은 전에 없이 기특하다는 눈빛으로 요미를 바라보았다.

되바라진 모습에 가려서 그조차 늘 잊고 있지만, 누가 뭐래도 요미는 현문이학의 정수만을 추려서 만들어졌다는 전진도문의 절대 무학인 구현기를 무려 두 가지나 습득한 고수였다.

요미가 그런 그의 눈빛을 마주하더니 신이 난 어린아이처럼 그의 머리를 훌쩍 뛰어넘어서 앞으로 나서며 부연했다.

"기문팔괘진(奇門八卦陳)은 기본적으로 시시각각 끊임없이 변화하며 착시와 불안을 부르는 조화를 부리지만, 그 속에서도 엄연히 안정감을 주는 공간이 존재해. 그곳이 바로 기문진의 결계를 구성하는 기둥, 즉 문인데, 보통 사람의 눈으로는 그곳을 찾아낼 수 없지만 내 눈에는 그게 보이지."

설무백의 눈으로 보면 깎아지른 천 길 낭떠러지의 전면에 나선 그녀의 손이 여기저기 주변의 허공을 가리켰다.

"저기부터 휴(休), 생(生), 상(傷), 두(杜), 경(景), 사(死), 경(驚), 개(開)의 문이 기본의 팔괘진이야. 근데, 저기 두문(杜門)과 경문(景門) 사이에 중문(中門)을 세워서 기문구궁진으로 변형되었어. 팔괘진의 틀을 그대로 유지하고 있으니 정확하게는 기문구궁 팔괘진(奇門九宮八卦陳)이라고 해야 할까?"

그녀는 아무것도 없는 허공에 두 손을 내밀어서 마치 무언가 물건을 잡아서 서로 교차하는 것 같은 시늉을 했다.

"따라서 본래는 무조건 생문(生門)을 통해 들어와서 개문(開門)을 통해 나가는 기의 순환이 이루어지지만, 중문으로 인해 역천역변이 일어나서 생문과 개문의 역할이 바뀌었어."

그녀는 자신이 생문이라고 가리킨 방향, 거령신의 칼부림으로 반듯하게 수직으로 잘려져 나간 것 같은 천 길 낭떠러지의 끝자락으로 나아가서 설무백을 돌아보며 히죽 웃는 낯으로 손을 내밀었다.

"그래서 나가는 문은 기존의 개문이 아니라 생문인 여기. 나 갈까?"

설무백은 요미가 내미는 손을 잡았다.

대신 그녀가 이끄는 대로 생문을 통해서 기문진을 벗어나지는 않았다.

그냥 그대로 서서 제갈향의 반응을 살폈다.

제갈향은 크게 동요하고 있었다.

격하게 흔들리는 그녀의 감정 기복이 외부로 표출되는 기색으로 드러나서 어렵지 않게 그것이 느껴졌다.

의도치 않게 설무백과 함께 기문진 안에 들어와 있던 요미가 그의 그림자 속에서 귀신처럼 튀어나올 때부터 벌어진 입을 여전히 닫지 않고 있다는 것까지도 그는 느낄 수 있었다.

"왜……?"

요미가 묻고 있었다.

설무백은 의아한 눈빛으로 쳐다보며 묻는 그녀의 머리를 쓰다듬어 주는 것으로 기특하다는 자신의 의사를 전달하고는 자신의 뒤로 당겼다.

그리고 이내 냉정해진 모습으로 제갈향을 향해 물었다.

"어때? 세상에 잘난 사람이 너만 있는 게 아니지?"

발끈 하는 제갈향의 목소리가 들려왔다.

"잘난 척한 거 아니에요! 저는 그저……!"

"아니, 잘난 척한 거야."

설무백은 사뭇 냉담하게 말을 자르며 부연했다.

"존재감을 드러내려고 뽐낸 거잖아. 내가 이 정도는 되니까 함부로 대하지 말라고, 걸맞은 대우를 해 달라고 말이야."

잠시 멈칫한 제갈향이 앙칼진 목소리로 대꾸했다.

"그래서요? 그게 잘못된 건가요?"

"응. 아주 많이! 매우 예의가 없는 짓이야! 너무 주제넘은 짓이기도 하고!"

"어째서 그렇죠?"

"풍잔을 건드리는 게 나를 건드리는 것과 같듯, 나를 시험하는 것은 풍잔을 시험하는 것과 같으니까."

"……"

제갈향이 충격을 받은 듯 대답을 못하고 침묵했다.

설무백은 그저 무던하게 기다렸다.

이윽고, 제갈향이 사과했다.

"죄송해요. 돌이켜보니, 제가 너무 주제넘게 군 것 같아요. 아니, 주제넘게 굴었어요."

설무백은 묵묵히 고개를 끄덕였다.

그의 입가에 특유의 미온한 미소가 드리워졌다.

"잘못을 쉽게 인정하는 것을 보니까 생각보다 아주 되바라진 성격은 아닌 것일까? 하지만 문제는 여전히 남는군. 앞으로도 여차하면 시시때때로 지금처럼 나를 시험하려고 나설 것 같은데, 난 그런 딱 질색이거든."

그는 등 뒤로 데려다 놓은 요미의 이마를 손등으로 가볍게 톡톡 두드리며 쓰게 입맛을 다셨다.

"지금 있는 하나로도 매우 벅차서 말이야."

요미가 이게 좋은 건지 나쁜 건지 모르겠다는 듯 심각한 표정이 되어 버린 가운데, 제갈향이 어찌할 바를 모르며 전전긍

궁하는 기색으로 대답했다.

"앞으로는 절대 오늘과 같은 일이 없을 거예요! 하늘을 두고 맹세해요!"

"그런 맹세는 하도 많이 들어서 별로 감흥이 없군."

설무백은 시큰둥하게 대꾸하며 요미를 일별했다.

사실 그간 요미가 그랬다.

그는 지금 제갈향을 요미와 같은 유형의 사람으로 보고 있는 것이다.

"그러니 이렇게 하지."

설무백은 나름의 방식으로 해결하기로 마음먹고 전신의 내공을 끌어 올리며 뚜벅뚜벅 앞으로 나섰다.

무지막지한 공력의 비등(沸騰)으로 인해 주변의 공기가 우렁우렁 소리 내서 울기 시작했다.

우우우웅-!

공기의 울음이 거세지고, 예리해지며 주변의 압력이 무섭게 높아졌다.

호기심 어린 눈빛으로 지켜보던 요미마저 참기 어려운지 오만상을 찡그리며 두 손으로 귀를 막았다.

와중에 설무백을 둘러싼 공간이 서서히 넓어지고 있었다.

선뜻 이해할 수 없는 말이긴 하지만, 눈에 보이는 모습이 그랬다.

천애(天涯)에 다름없이 높이 솟은 천 길 낭떠러지에 서 있는 그의 모습이 거친 아지랑이처럼 크게 요동치며 흔들리고 있어서 실로 그런 느낌을 주었다.

놀랍게도 엄청난 그의 내력으로 형성한 강기가 사위로 확산되며 제갈향이 구축한 기문진식을 서서히 무너트리고 있는 것이다.

설무백은 그 속에 우뚝 서서 내공의 비등으로 말미암아 한 올 한 올 일어선 머리카락 아래 광망처럼 이글거리는 눈빛을 드러내며 말을 끝맺었다.

"네가 감당할 수 없는 힘을 보여 주는 것으로 말이야."

일순, 그의 한 손이 번개처럼 앞으로 내밀었다.

그의 손에서 발산된 눈부신 광체가 한순간 사위를 백색으로 물들였다.

콰지지지직—!

위압적인 소음이 터졌다.

겹겹이 쌓인 철판이 일시에 깨져 나가는 듯한 소음이었다.

때를 같이해서 설무백을 둘러싼 주변의 모습이 거짓말처럼 바뀌었다.

흡사 검은 재로 벽에 그린 그림에 수십 동이의 물벼락을 퍼부은 것과도 같았다.

제갈향이 펼친 구궁팔괘진이 한순간에 무너져 버리며 새로운 세상이, 바로 본래의 세상이 드러난 것이다.

"어, 어떻게……?"

제갈향이 감히 말도 제대로 잇지 못한 채 경악과 불신에 찬 눈빛으로 설무백을 바라보았다.

이건 말이 안 되는 일이었다.

순수한 내공의 힘만으로 기문진을 깨트린다는 것은 그녀의 상식으로 절대 있을 수 없는 일이었다.

인자무적仁者無敵 (9)

설무백은 자신의 손을 펼쳐 보았다.

방금 전 앞으로 뻗어져서 눈부신 광채를 일으킨 그의 수중에는 아홉 개의 조약돌이 들어와 있었다.

고도의 허공섭물에 당겨 온 물건이었다.

수중의 조약돌을 바라보는 설무백의 두 눈이 이채로운 빛을 발했다. 기문진식의 가두어졌을 때보다도 더 놀라워하는 모습이었다.

그 상태로, 그는 수중의 조약돌을 제갈향에게 내보이며 물었다.

"천애 절벽의 실체가 이건가?"

제갈향은 정신을 차리지 못하고 있었다.

그저 멍한 표정으로 그가 내민 손바닥의 조약돌을 바라보았다.

제갈명이 그녀를 대신해서 나섰다.

"맞습니다. 그걸로 진법의 결계를 구성한 겁니다. 오래전에 실전되었다고 알려진 제갈세가의 비전인 현현제환지보 상의 비기지요."

"아니, 그게 아니라……."

설무백은 고개를 저었다. 지금 그가 놀라고 있는 것은 고리타분한 기문진식 때문이 아니었다.

"이거 여기 있던 물건이 아니야. 그러니 분명 조금 전에 내앞에서 사용했다는 건데, 대체 언제 사용한 거지?"

그렇다.

지금 설무백은 제갈향이 펼친 기문진식의 오묘함보다 대체 그녀가 어떻게 그도 모르는 사이에 조약돌을 사용해서 기문진식을 구축했느냐가 더 황당하고 궁금한 것이다.

"어……?"

제갈명도 이제야 깨달은 듯 두 눈이 커져서 제갈향을 쳐다봤다.

아니, 그만이 아니라 주변에 있던 모든 사람들이 그의 말을 듣고서야 상황을 인지한 듯 놀라운 기색으로 그녀를 주시했다.

천하의 설무백이 눈앞에서 벌어진 그녀의 행동을 알아차리지 못했다는 것은 그들의 상식으로 절대 이해할 수 없는 일이기 때문이다.

넋을 놓고 있던 제갈향이 크게 당황하며 소침해진 모습으로 굳어졌다. 좌중의 시선에 정신을 차리긴 했으나 너무 놀라서 움츠러든 것이다.

그때 제갈명의 두 눈에 빛이 들어왔다.

"너 혹시 아버님께 적엽비화(摘葉飛花)도 배운 거냐?"

제갈향이 은연중에 설무백과 주변의 눈치를 보며 대답했다.

"아버님께 배운 건 아니고, 현현제환지보에 구결이 있었어."

제갈명의 눈이 커졌다.

"아버님의 적엽비화를 구결만 가지고 너 혼자 수련한 거라고?"

"응, 틈틈이. 시간은 많았으니까. 아버지께서 전해 준 현원신공(玄元神功)을 기반으로 혼자서 수련했지."

"와, 너 정말 대단하구나!"

제갈향의 대답을 들은 제갈명은 진심으로 놀란 모습이었다.

그러나 설무백을 비롯한 주변 사람들은 그저 어리둥절해서 바라볼 뿐, 그의 태도를 전혀 이해하지 못하고 있었다.

그럴 수밖에 없는 것이, 적엽비화 혹은 비화적엽(飛花摘葉)이라 불리는 암기술은 무림 팔대 세가의 하나이면서도 다른 세가들과 비교해서 상대적으로 이렇다 할 비전절기가 없는 제갈세가의 자랑이긴 했다.

다만 그건 어디까지나 세갈세가가 보유한 검법이나 지법(指

法), 곤법(棍法) 등 여타 무공에 비해서 뛰어나기 때문이다.

실제로 제갈세가의 암기술은 적엽비화는 사천당문의 암기술에 비해서 여러모로 부족한 면이 있었다.

사천당문이 달리 독과 암기의 조종가문이라는 소리를 듣겠는가.

제갈세가의 암기술인 적엽비화는 늘 사천당문의 암기술에 밀려서 두 번째 자리를 차지하는 것만으로도 충분히 만족해야 하는 것이 강호 무림의 냉정한 평가인 것이다.

물론 그것이 무엇이든 천하제일이 아니라고 해서 결코 의미가 없는 것은 아니었다.

하물며 천하에서 두 번째 가는 암기술이라는 것은 결코 부끄러워할 일이 아니었고, 첫 번째가 사천당문인 이상 얼마든지 자부심을 가져도 좋을 일이었다.

하지만 지금 상황은 그게 아니질 않는가.

상대는 설무백이다.

명실공히 천하제일을 자랑하는 사천당문의 암기술도 통할지 통하지 않을지 모르는 사람 앞에서 고작 그 아래 자리한 암기술인 적엽비화 놓고 이렇듯 감격해하는 것도 우스운 일인데다가, 제갈향이 펼친 적엽비화를 설무백이 전혀 간파하지 못했다는 것도 선뜻 납득할 수 없는 일이었다.

"뭐라는 거야?"

정말 분위기가 분위기인지라 장내의 모두가, 하다못해 설무백조차 감히 나서지 못하고 있는 두 오누이 사이로 요미가 끼어들었다.

"지금 뭐 하고 있어? 두 사람만 얘기하지 말고 우리 같이 좀 얘기하자. 그러니까 뭐야? 지금 고작 적엽비화 따위로 우리 오빠의 눈을 피했다는 거야?"

"뭐라고? 이 조그만 계집애가 어디서 예의도 없이……!"

제갈향이 발끈하며 암팡지게 변한 눈초리로 요미를 쏘아보았다.

기본적으로 적엽비화를 무시하는 듯한 요미의 태도에 분노한 것이다.

"뭐? 조그만 계집애? 예의가 없어?"

요미가 같잖다는 듯이 웃으며 표독스럽게 잘라 말했다.

"아니, 이게 지금 감히 어디 와서 까불고 있어! 정말 예의 없는 게 어떤 건지 한번 당해 볼래? 서너 달 얼굴에 붕대 감고 살게 어디 한번 제대로 뭉그러트려 줄까?"

"아니, 저기 잠깐!"

제갈명이 재빨리 나서서 중재했다.

다른 사람은 몰라도 요미는 한번 한다면 정말 한다는 것을 그는 익히 잘 알고 있었기 때문이다.

"제가 설명하지요. 그러니까 우리가 지금 말하는 적엽비화는 다들 아는 제갈가의 적엽비화가 아니라 우리 아버님의 적엽비화입니다. 그러니까, 그게 다시 말해서 암기술이라는 것은 같지만……!"

"됐어, 그 정도면."

설무백은 드러내기 애매한 부분이 있는지 구구절절, 오히려 더 난해해서 이해하기 어렵게 설명하는 제갈명의 말을 도중에 잘랐다. 다른 사람은 몰라도 그는 대번에 제갈명의 설명이 무엇을 의미하는지 알아차렸기 때문이다.

기실 설무백은 일찍이 제갈명은 몰라도 제갈명의 아버지인 제갈천탁은 이미 알고 있었다.

신기천뇌(神技天腦) 제갈천탁!

비운의 천재로 알려진 제갈천탁은 젊은 시절 불과 삼 년 남짓한 시간동안 강호 무림을 주유하다가 타고난 절맥증으로 인해 인생을 마감했는데, 그사이에 얻은 별호가 신기천뇌였다.

탁월한 지략으로 강호 무림의 여러 분쟁을 해결해서 숱한 야사를 만들어 냈고, 그게 무엇이든 그가 손을 대면 고치지 못하는 것도, 만들어 내지 못하는 물건도 없었다고 했다.

불가능한 일을 가능하게 하는 신비한 머리를 가져서 그가 불가능하면 하늘도 불가능할 것이라고 알려진 사람, 옛적 명공(名工)인 노반(魯盤)이 다시 살아온다고 해도 그에게는 한 수 양보할 것이라는 명성을 불과 삼 년 만에 얻은 천재가 바로 신기천뇌 제갈천탁이었다.

아직도 강호 무림의 호사가들 중에는 제갈천탁이 살았다면 작금의 강호 무림에서 제갈세가가 가진 위치는 아마도 크게 달

천외천의
주인

라졌을 것이라는 평가를 내리는 사람들이 있을 정도니, 그의 능력에 대해서는 두말할 나위가 없을 터였다.

설무백은 그래서 지난날 제갈명이 제갈세가의 사생아이며, 제갈천탁의 아들이라는 사실을 알았을 때, 정말이지 깜짝 놀랐다.

만에 하나 제갈천탁이 살아 있었다면 얼마 전 그가 강호의 인재를 선정할 때, 가장 첫 번째에 적어 놓을 이름이었기 때문이다.

그리고 또한 그래서 그는 지금 제갈명이 하는 말을 다른 누구보다도 먼저 충분히 이해할 수 있었다.

그게 무엇이든 앞에 제갈천탁의 이름이 붙으면 본래의 것과 크게 달라질 것임을 그는 익히 잘 알고 있는 것이다.

"그러니까, 제갈세가의 적엽비화가 아니라 네 아버지인 신기천뇌 제갈천탁 어른의 적엽비화라는 거잖아. 맞지?"

"아, 예……!"

제갈명이 자기가 하려던 말이 바로 그 말을 하려고 했다는 듯 재빨리 대답하며 고개를 끄덕였다.

설무백은 제갈향에게 시선을 주었다.

제갈향이 찔끔 자라목을 했다.

앞서 목도한 설무백의 무지막지한 신위가 암사자 같던 그녀의 기를 완전히 눌러 버린 것이다.

설무백은 그런 그녀에게 수중의 조약돌을 건네며 물었다.

"한 번에 펼친 건가?"

"아, 예."

제갈향이 반사적으로 설무백이 내미는 조약돌을 주섬주섬 받아 들며 얼떨결에 대답하고 있었다.

설무백은 가만히 고개를 끄덕이며 직설적으로 다시 물었다.

"내가 아는 제갈세가의 적엽비화와 네가 익힌 적엽비화의 차이가 어느 정도라고 생각해?"

제갈향이 자신만만하게 대답했다.

"하늘과 땅요!"

설무백은 싱긋 웃으며 물었다.

"지금 너의 경지는?"

제갈향이 역시나 자신만만하게 대답했다.

"아버님의 적엽비화는 여덟 개의 단계로 구성되어 있어요. 저는 최후 단계인 등천비류백팔화(登川飛流百八花)를 칠 성의 경지까지 익혔어요."

문득 그녀는 멋쩍은 표정을 짓더니, 슬쩍 제갈명에게 시선을 주며 덧붙였다.

"십 성 대성에 이르면 제갈가를 나설 생각이었죠. 그때는 내 힘으로 충분히 저들의 손에서 오라버니를 지킬 수 있다고 생각했거든요."

"볼 수 있을까?"

"얼마든지요."

"여기서 말고."

설무백은 대번에 태세를 갖추는 제갈향을 등지고 돌아서서 조금 전에 나섰던 풍무관으로 향하며 말했다.

"따라와."

제갈향이 어리둥절해했다.

제갈명이 그런 그녀의 등을 토닥이며 이끌었다.

"가자."

제갈향과 제갈명 오누이의 뒤를 따라서 흥미로움으로 가득한 눈빛을 빛내는 풍사와 공야무륵 등이 따라붙었다.

방금 전에 돌아갔던 설무백이 다시금 돌아오자, 풍무관에서 수련하던 모든 사람들이 일제히 멈추었다.

설무백은 아무렇지도 않게 그들을 헤집고 풍무관의 중앙으로 나서며 말했다.

"다들 잠시 물러나 봐. 몇 달을 수련하는 것보다 더 도움이 되는 것을 보여 줄 테니까."

누구 명이라고 거역할 것인가.

풍무관의 중앙이 삽시간에 비워졌다.

설무백은 그제야 제갈향에게 시선을 주었다.

제갈향이 중앙으로 나섰다. 그리고 약간의 거리를 둑 설무백을 마주보며 태세를 갖추었다.

설무백은 그에 아랑곳하지 않고 요미를 불렀다.

"요미."

요미가 영민한 여자답게 사태를 직감하고는 신나서 설무백의 곁으로 나서며 제갈향을 바라보았다.

제갈향의 얼굴이 휴지처럼 구겨졌다.

"설마 쟤에게 적엽비화를 사용해 보라는 건가요?"

설무백은 무심하게 되물었다.

"왜, 안 되나?"

"아니, 안 되는 게 아니라……!"

제갈명이 펄쩍 뛰며 거부했다.

"제가 말했죠. 제가 익힌 적엽비화는 제갈가와의 그것과 천양지차라고요. 그런데 고작……?"

"뭐, 고작?"

설무백이 뭐라고 대꾸할 사이도 없었다.

요미가 어이없다는 표정으로 실소하더니, 한순간 그 자리에서 좌우로 흩어져서 제갈향을 포위했다.

한 사람이 좌우로 흩어진 다는 것도, 더 나아가서 다른 사람을 포위한다는 것도 말이 안 되지만 그녀는 그렇게 했다.

일시지간 좌우로 흩어지는 이십 개의 환영을 만들어서 제갈향을 포위한 것이다.

사마이공의 최고봉이라는 사천미령제신술의 또 다른 모습이었다.

제갈향을 포위한 이십 명의 요미가 보란 듯이 팔짱을 끼고 같잖다는 표정으로 동시에 말했다.

"기실 기문진식도 따지고 보면 기문둔갑술의 하나지. 그러니 기문팔괘진을 기문구궁진으로 바꿀 정도의 머리를 가졌다면 너도 알 거야. 지금 나도 기문둔갑술의 하나인 기환술(奇幻術)을 펼치고 있다는 것을 말이야. 어디 그 잘난 적엽비화로 이런 나를 잡을 수 있겠냐?"

요미의 환술에 놀라고 있던 제갈향이 두 눈빛을 더 없이 표독스럽게 바꾸며 태세를 갖추었다.

설무백은 슬쩍 손을 들었다.

"잠깐."

제갈향이 멈칫하며 설무백을 바라보았다.

제갈향을 에워싼 이십 명의 요미도 그림처럼 동시에 설무백을 바라보며 고개를 갸웃거렸다.

그때 다급한 인기척과 함께 풍무관의 문이 부서질 것처럼 거칠게 열리며 화사가 뛰어 들어왔다.

"뭐예요, 뭐? 왜 갑자기 빨리 오라고 하신 거예요?"

설무백을 보고 하는 말이었다.

설무백은 그 순간에 손을 내리며 말했다.

"이제 시작!"

제갈향은 설무백의 허락이 떨어졌음에도 선뜻 나서지 않았다. 아니, 선뜻 나설 수 없었다.

요미의 환술은 진짜였다.

허상을 만들어서 상대의 눈을 속이는 환술을 두고 진짜가짜를 따지는 것이 우스울지 몰라도 사실이었다.

지금 요미가 펼치는 환술은 눈속임으로 자신의 허깨비를 만들어서 적에게 겁을 주거나 관심을 돌린 후 도망을 친다든지 하는 형태의 하류 수법이 아니었다.

그녀의 말마따나 기문둔갑술에 포함되어 있는 고도의 기환술이었다.

지금 요미처럼 허깨비를 만드는 환술은 그중에서도 둔갑술(遁甲術)의 일종인 분신술(分身術)인데, 크게 두 가지 유형으로 나누어진다.

하나는 앵속(罌粟) 등 각종 미혼분(迷魂粉)을 포함한 기물과 사물을 이용하는 유형이고, 다른 하나는 순수한 본인의 내공을 활용해서 환각을 일으키는 유형이다.

소위 말하는 현문이학과 좌도방문이 그것인데, 당연하게도 외물을 이용하는 전자가 좌도방문에 속하고, 본신의 진기를 활용하는 후자가 현문이학에 속하는 기환술이다.

즉, 좌도방문은 순간의 재치와 기술만으로 가능한 데 반해, 현문이학은 높은 도력이나 공력을 요구하는 것이다.

제갈향이 지금 눈앞에 펼쳐진 요미의 기환술을 진짜로 보는 이유가 그 때문이었다.

좌도방문의 경우처럼 기물이나 사물과 무관하게 기로 운용되는 현문이학의 기환술은 아무런 움직임도 없이 얼마든지 상대를 속이는 환각을 연출할 수 있다.

기의 흐름은 눈으로 볼 수 있는 것이 아니기 때문인데, 그 바탕으로 경지를 이루면 상대를 자신의 심상에 가둘 수 있는 고절수법도 가능하다는 게 바로 현문이학의 기환술인 것이다.

'함부로 움직일 수 없다! 기회는 오직 한 번! 그다음에 진으로 가둔다!'

제갈향은 전신으로 두려움이 엄습하는 것을 느꼈다.

요미의 기환술은 스스로 능히 호풍환우(呼風喚雨)까지 부를 수 있는 기문진식의 대가라고 자부하던 그녀조차도 두려움에 떨게 하고 있었다.

기문진식의 대가인 그녀는 높은 경지의 기환술에 당하면 허상과 실체의 구분이 없어지는, 적어도 그렇게 느껴지는 최면 효과에 빠지고, 끝내 오감이 마비될 정도의 현란한 환각 속에서 혼을 나가며 실신하거나 심하면 미쳐 버릴 수도 있다는 것을 익히 잘 알고 있었기 때문이다.

반면에 요미는 전에 없이 흥미로워하고 있었다.

기실 그녀는 날고 기는 고수들이 즐비한 풍잔에서도 매우 독보적인 존재였다.

그녀가 비풍과 동곽무 등 풍잔의 후기지수들 중에서 선두이기 때문이 아니었다.

그냥 그녀의 실력이 풍잔에서 손꼽힐 정도이며 지닌 바 자질은 풍잔의 그 누구와 비교해도 압도적이기 때문이다.

사람을 평가하는 데 매우 박한 제갈명조차도 그녀가 전력을 다한다면 풍잔에서 제대로 상대할 수 있는 사람은 설무백과 검노, 쌍노 등 몇몇 소수들만이 꼽힐 것이라고 말할 정도니, 그에 대해서는 두말할 나위도 없었다.

그래서였다.

요미는 굳이 제갈명의 평가가 아니더라도 그와 같은 자신의 능력을 누구보다도 잘 알고 있었다.

그런데 그런 그녀의 눈에 들어온 제갈향의 반응이 예사롭지 않았다.

마치 자신의 기환술을 파악한 것 같은, 적어도 파악할 수 있다는 기색이지 않은가 말이다.

'섣불리 나서지 않는 건 아무래도 자신의 부족함을 실감한 까닭이겠지?'

요미는 내심 제갈향의 속내를 유추하며 한순간 자신의 환영을 배로 늘렸다.

이십여 명의 그녀가 사십여 명으로 늘어난 것이다.

제갈향을 더욱 거세게 몰아붙이려는 것이 아니었다.

기회를 주려는 의도였다.

무릇 모든 기환술은 발현되는 시점과 소멸되는 시점에 약점이 드러난다.

다른 사람은 몰라도 기문둔갑술과 유사한 아니, 맥락을 같이하는 기문진식의 경지를 이룬 제갈향이라면 그것을 모르지 않을 거다.

제갈향은 그것을 그대로 간과하지 않을 테고, 그녀가 나서 야 이번 비무를 마련한 설무백의 뜻이 이루어진다.

이것이 요미의 생각이었다.

요컨대 요미는 제갈향이 아니라 아닌 설무백을 배려한 것이 다.

과연 제갈향은 그와 같은 요미의 기대를 저버리지 않았다.

제갈향을 에워싼 요미의 환영이 배로 늘어나는 순간이었다.

취리리리릿-!

제갈향이 아무런 사전 동작도 없이 팽이처럼 회전하는 가운 데, 사방팔방으로 백색의 섬광이 뻗어 나갔다.

마치 거울로 이루어진 구체가 사방으로 빛을 반사하는 것 같은 광경, 그 빛 하나하나가 어김없이 요미의 환영을 표적에 두고 있었다.

"등천비류백팔화!"

제갈명의 탄성이었다.

흥미진진하게 그녀들의 대치를 지켜보던 장내의 모두가 그 와 같은 기색으로 감탄하고 있었다.

그다음에는 의혹이었다.

설무백과 검노 등 몇몇을 제외한 장내의 모두가 사위를 두 리번거리고 있었다.

제갈명의 탄성이 장내를 가로지르기도 전에 제갈향을 기점 으로 사방팔방 무지막지하게 뻗어 나간 백색의 섬광이 사십여 명의 요미를 일거에 관통했고, 요미의 환영들이 물거품처럼 소멸되어 버렸기 때문이다.

"요미는……?"

누군가의 입에서 흘러나온 나직한 의문이 장내에 있던 모든 사람들의 정신을 일깨워 주었다.

제갈향도 정신을 차렸다.

분명 성공했다고 생각했는데, 아니었다.

모든 환영이 소멸되었음에도 정작 요미의 모습이 드러나지 않았다. 요미의 실체까지 소멸되어 버렸을 리는 만무하니, 그녀의 공격은 성공하지 못했다는 방증이었다.

"대체……?"

제갈향은 무색해져서 얼굴을 붉혔다.

요미의 실체가 드러나면 기문진에 가두겠다는 자신의 생각이 창피해서 쥐구멍에라도 숨고 싶은 심정이었다.

그때 설무백의 목소리가 들려왔다.

"어때?"

제갈향은 자신에게 던진 질문인 줄 알고 대체 뭐가 어떠냐는 건지 의아해하며 설무백에게 시선을 주었다.

그다음에 대경실색하며 얼어붙어 버렸다.

설무백의 질문은 그녀가 아니라 곁에 서 있는 다른 여자에게, 그녀는 아직 누군지 모르는 화사에게 건넨 것이었다.

그러나 제갈향이 대경실색하며 굳어진 이유는 그 때문이 아니었다.

그들, 설무백과 화사 곁에 바싹 붙어서 지켜보는 여자가 방금 전 자신이 적엽비화의 최고절초인 등천비류백팔화로 공격했던 요미였기 때문이다.

"어떻게……?"

의지와 무관하게 저절로 흘러나온 제갈향의 의문과 무관하게 설무백의 질문을 들은 화사가 예리하게 빛나는 눈으로 슬며시 그녀를 일별하며 대답했다.

"저걸 보라고 부르신 거면. 박수를 치고 싶네요. 제가 찾던 수법이에요. 당문의 만천화우(滿天花雨)처럼 다수의 혈적자(血摘刺)로 펼치는 효과를 하나의 암기로 구현하려면 최소한 저 정도의 빠름과 변화는 가져야 해요."

요미가 반색하며 끼어들었다.

"아, 이제 보니 화사 언니 암기술 때문이었구나! 윽!"

설무백은 쳐다보지도 않고 요미의 머리에 꿀밤을 주며 화사의 말을 받았다.

"혹시나 해서 불렀는데, 역시나 예상이 들어맞았군."

화사가 고개를 갸웃거리며 물었다.

"그보다 저게 뭐라는 수법이에요? 제가 이래 봬도 난단 긴다하는 암기술은 거의 다 섭렵해 봤다고 자부하는데, 저런 건 처음이네요."

"적엽비화."

"적엽비화……? 제갈세가의 적엽비화요?"

"응."

"에이, 그럴 리가요. 제갈세가의 적엽비화가 어찌 저런 위력을…… 저 정도면 당문의 암기술과 견줄 정도인데, 가당치 않아요."

"가당치 않아도 사실이야."

"정말이요?"

화사가 경의롭다는 눈빛으로 제갈향을 바라보았다. 그런 그녀의 시선을 따라서 설무백도 제갈향에게 시선을 주었다.

제갈향은 그들의 시선을 받자 절로 흠칫 놀라며 물러났다.

안 그래도 태연하게, 그야말로 요미의 승리는 너무나도 당연하다는 식으로 아무렇지도 않게 대화를 나누는 그들을 보고 무척이나 소침해진 그녀였다.

그녀는 그토록 자존심을 걸고 진지하게 나섰는데, 정작 저들은 심심풀이 유희처럼 한가롭게 자신의 무공을 평가하고 있으니 참으로 무색하다 못해 허탈해져서 다리에 힘이 풀릴 정도였다.

그때 제갈명이 물러나는 그녀의 어깨를 슬쩍 잡으며 위로했다.

"너무 그렇게 기죽을 거 없다. 저 두 사람은 내가 세상에서 가장 인정하는 괴물들이니까."

"괴물?"

"그래 큰 괴물 작은 괴물이지. 흐흐⋯⋯!"

제갈향의 어깨를 두드리며 자못 음충맞은 기소를 흘리던 제갈명이 거짓말처럼 재빨리 정색했다.

제갈향이 왜 그러나 싶어서 제갈명을 쳐다보다가 움찔하며 굳어졌다.

괴팍하게 생긴 노인 하나가 제갈명의 뒷덜미를 움켜잡고 있었기 때문인데, 아직 그녀는 모르지만 그 노인은 바로 검노였다.

검노가 제갈명의 뒷덜미를 움켜잡아서 자라목을 만든 채로 제갈향을 보며 말했다.

"이 녀석은 한참을 보고도 몰랐는데, 너는 보니 바로 알겠구나. 천탁, 그 아이의 얼굴을 아주 빼다 박았어."

제갈향은 크게 놀랐다.

계속해서 놀라고만 있으니 바보가 된 것 같은 기분이었으나, 다른 도리가 없었다.

생전 처음 보는 노인이 그 옛날에 돌아가신 아버지를 안다는데 어찌 놀라지 않을 수 있을 것인가.

"누구신데 아버님을 아시는지⋯⋯?"

검노가 전에 없이 부드럽게 웃는 낯으로 대답했다.

"예전에 네 아비가 무당산으로 나를 찾아왔었다. 우연찮게 제갈세가의 전대 기서인 현현제환지보를 얻었는데, 살펴보니 소실된 부분도 많고, 부실한 부분도 적지 않아서 보완을 위해

이곳저곳 도움을 청하러 다닌다고 하더라. 내게는 대뜸 강물처럼 유장하면서도 강인한 무당의 기풍을 가르쳐 달라며 무릎을 꿇었지. 듣기에는 적엽비화의 절초를 위해서라고 했지 아마?"

제갈향은 말을 듣고 나자 더욱 모르겠어서 절로 인상이 찌푸려졌다.

명문 정파의 핏줄인 아버지가 명문 정파의 자존심과 체면을 다 내팽개치고 다른 누군가에게 무릎을 꿇었다는 것은 쉽게 납득하기 어려운 일이었다.

제갈명이 검노의 손에 뒷덜미가 잡혀서 자라목이 된 상태에서도 미소를 잃지 않고 그녀를 쳐다보며 도움을 주었다.

"어서 인사드려라. 적현자 어른이시다."

제갈향은 그야말로 두 눈이 동그래졌다.

작금의 천하에서 적현자라고 불릴 사람은 과거 무당제일검으로 불리던 무당마검밖에는 없었다.

"처, 처음 뵙겠습니다, 어르신. 제갈향입니다."

검노 무당마검 적현자가 미소를 머금은 채 가볍게 고개를 끄덕이는 것으로 인사를 받으며 슬쩍 옆으로 물러났다.

제갈향은 검노의 신분에 놀라서 어쩔 줄 모르는 와중에도 왜 그러나 싶었는데, 이유가 있었다.

화사와 요미를 대동한 설무백이 어느새 그녀의 면전에 다가와 있었다.

제갈향은 완전히 주눅이 들어서 다시금 꼼짝도 하지 못한 채 굳어 버렸다. 하도 긴장한 나머지 얼떨결에 마주한 설무백의 시선조차 제대로 거두지 못한 채 안절부절못하고 있었다.

그때 설무백이 아니라 같이 온 화사가 그녀에게 말을 붙였다.

"음⋯⋯."

화사는 일단 말문은 열었으나, 뒷말을 잇기가 참으로 버거운지 어색한 표정으로 한참을 쭈뼛거리다가 불쑥 말했다.

"조금 전의 그거 말이야. 적엽비화. 그거 내게 좀 가르쳐 줄래?"

제갈향이 곤혹스러운 표정을 지으며 머뭇거렸다.

하긴, 가문의 비전을 타인에게 전수해 준다는 것은 상식적으로 있을 수 없는 일이다.

천하의 그 어떤 가문의 가규(家規)도 그것을 용납하지 않는다. 실수조차 엄단하는 것이 상식이다.

설무백은 제갈향의 망설임을 그렇게 보고 도움을 주려는 마음으로 말했다.

"주변의 압력 혹은 분위기에 휩쓸려서 안 되는 일을 억지로 승낙할 필요는 없어. 우리 풍잔은 그런 곳이 아니야."

"아니, 그게 아니라⋯⋯."

제갈향이 손사래를 치며 제갈명을 보았다.

그녀의 망설임은 가규가 아니라 제갈명에게 있었던 것이다.

"나?"

제갈명이 당황스러워하자, 제갈향이 기어 들어가는 목소리로 자신의 생각을 드러냈다.

"제갈가는 상관없지만, 현현제환지보에는 오라버니의 몫도 다분하거든. 아버님이 그러셨어. 언젠가 기회가 되면 반듯하게 오라버니에게 맞은 옷을 입혀 주길 바란다고 하셨어."

"아버님이……!"

제갈명은 바로 대꾸를 하다가 울컥하는 심정이 되어서 잠시 말을 잇지 못하다가 이내 헛기침으로 목을 풀며 말했다.

"그런 말씀을 하셨구나. 하지만 걱정 마라. 나는 이미 내 몸에 옷을 입었으니까."

제갈향이 제갈명을 보고 다시 설무백과 검노 등 주변 사람들을 둘러보고 나서 미소를 지으며 고개를 끄덕였다.

"그런 것 같네."

그녀는 활짝 웃는 낯으로 화사에게 시선을 주며 재우쳐 물었다.

"언제부터 시작할래요?"

"지금부터!"

화사가 반색하고 대꾸하며 나서서 제갈향에게 어깨동무를 했다.

"실내보다는 밖이 좋겠지? 마침 아주 적당한 장소가 있으니 그리로 가자."

천외천의
주인

제갈향은 적잖게 당황스러운 모습이었으나, 굳이 거부하지 않고 화사의 이끌림에 따라나섰다.

"좋아요. 근데, 나이가……?"

"그냥 너보다는 많을 거야."

"어느 정도 많다는 건지……?"

"대충 서너 살 정도?"

"대충은 벌레 중에 가장 해로운 벌레예요. 가급적 없애는 것이 좋아요."

"야, 너 보기보다 더 딱 부러지는 애구나?"

"칭찬이죠?"

"그야 물론이지."

"그럼 나이가……?"

화사와 제갈향이 어느새 많이 친해진 것처럼 주거니 받거니 대화를 나누며 풍무관을 나섰다.

요미가 그 모습을 바라보다가 이내 설무백에게 시선을 주었다.

설무백은 대번에 그녀의 속내를 읽었다.

"가 봐."

"옙."

요미가 반색하며 대꾸하고는 풍무관을 벗어나는 화사와 제갈향의 뒤를 서둘러 따라붙었다.

그녀는 기문진식의 고수인 제갈향에 대한 관심이 지대한 것이다.

초록은 동색이라고, 그녀의 기환술과 제갈향의 기문진식은 비록 다른 줄기지만 기문둔갑술이라는 하나의 원천에서 시작된 까닭이었다.

설무백이 풍무관 밖으로 사라지는 그녀들의 모습을 보며 절로 고개를 끄덕였다.

그녀들의 상호작용에 대한 기대감이 충만해지는 그였다.

그때 시종일관 묵묵히 곁을 지키고 서 있던 공야무륵이 불쑥 물었다.

"비환 때문이겠죠?"

설무백은 고개를 끄덕이는 것으로 수긍하며 부연했다.

"오래전부터 비환이 일격필살의 암기인 건 맞지만, 그게 막히면 다음 대응이 없다는 점을 고민하고 있었어. 비환은 천하무적의 암기일지 몰라도 자신의 암기술은 천하무적이 아니라고 생각한 거지."

"그래서 주군께 새로운 암기술을 가르쳐 달라고 찾아왔었다는 소리네요?"

"그랬지만 나도 별수 없었어. 내가 유일하게 배우지 않은 무공이 암기에 관한 것들이니까."

"그래도 나름 도와는 주셨겠죠?"

이 말을 한 것은 공야무륵이 아니라 사문지현이었다.

장내의 모두가 어느새 설무백의 주변으로 몰려들어 있었고,

그녀도 그중의 한 사람이었다.

설무백은 어쩐 분위기가 수상하다는 낌새는 챘으나, 대답을 회피할 수는 없었다.

"그야 도움을 청하니까. 일단 그녀가 습득한 암기술을 하나씩 점검하고, 곧바로 연계할 수 있는 수법을 같이 연구했지."

"비무를 통해서 말이죠?"

"그게 가장 빠른 방법이니까. 암기술은 다른 무엇보다도 속도와 변화가 생명인데, 그걸 구결만으로 파헤치는 것은 너무 번잡스러울 뿐만 아니라, 제대로 된 비교가 어려운 일이야."

"그렇긴 하죠."

"가능하다면 내 손으로 기존에 그녀가 알고 있는 암기술 중에 탁월한 부분만 뽑아서 변형하거나 새롭게 조화시키는 것으로 적당한 암기술을 만들어 주려고 했지."

"이젠 그럴 필요가 없게 되었네요."

"그러게. 마침 이렇게 적당한 암기술을 배우게 되었으니 말이야. 어쩐 시원하면서도 조금 섭섭한 걸?"

"아무래도 섭섭할 필요는 없을 것 같습니다."

이번에는 예충이었다.

설무백이 그게 무슨 소린가 싶어서 예충을 바라보자, 예충이 의미심장하게 웃는 낯으로 주변을 둘러보았다.

설무백은 예충의 시선을 따라서 주변을 둘러보았다.

그리고 예충의 말이 무슨 뜻인지 깨달았다.

장내의 모두가 유성처럼 반짝이는 눈빛으로 그를 주시하고 있었다.

"설마……?"

"설마라니요?"

사문지현이 사뭇 단호한 어조로 잘라 물었다.

"설마 줄곧 이대로 화사만 편애할 작정이셨던 거예요?"

설무백은 이제야말로 지금 자신을 주시하는 사람들의 생각이 무엇인지 확신하고는 절로 미간을 찌푸렸다.

"아니, 나는 그게 아니라……!"

"아니면 그냥 되는 것으로 하시죠?"

제갈명이 슬쩍 끼어들어서 그의 말을 끊으며 덧붙였다.

"주군은 차갑거나 거칠거나 혹은 사납더라도 좋아요. 왜냐면 주군이니까요. 하지만 편애는 안 됩니다. 자칫 모두가 부당하게 느껴서 주군의 인품을 의심하게 될 수도 있으니까요."

설무백은 억울했다.

"편애는 무슨? 그저 화사가 지겹도록 뻔질나게 찾아와서 부탁하는 바람에 어쩔 수 없이 도와주었을 뿐이야. 이건 그냥 일종이 조언과 같은 거라고. 그럼 내가 조언 한마디도 없이 그냥 그녀를 내쳤어야 한다는 거야, 뭐야?"

"아니요."

사문지현이 고개를 절레절레 흔들며 대답했다.

"잘하셨어요. 저는 혹시나 주군이 쉬는 것을 방해하는 것이 아닌가 싶어서 물어볼 것이 있고, 시간이 충분해도 극구 참고 있었는데, 덕분에 이제 그냥 찾아가면 된다는 것을 알았으니 말이에요."

천타가 은근슬쩍 맞장구를 쳤다.

"저도 같은 이유로 나서지 못했다는……!"

천타가 물꼬를 튼 격이었다.

장내의 모두가 너도나도 한마디씩 했다.

"저 역시……!"

"저는 감히 저 같은 하수가 주군께 도움을 청해도 되나 싶어서……!"

"저도 그랬다는……!"

사방에서 아우성이었다.

설무백은 그저 난감한 표정으로 입맛을 다시며 서 있을 수밖에 없었다.

짝짝-!

예충이 손뼉을 쳐서 장내를 조용히 시켰다. 그리고 어색한 표정으로 헛기침을 하고는 설무백을 향해 넌지시 물었다.

"기실 저 역시 전부터 같은 생각을 하고 있었습니다. 가능하다면 저도 주군의 조언을 받을 수 있을까요?"

설무백은 하도 어이가 없어서 차라리 그냥 웃어 버렸다.

예충까지 나선 것은 둘째 치고, 공야무륵과 풍사마저 슬며시 예충의 곁으로 자리를 옮겼기 때문이다.

"좋아!"

설무백은 이내 마음을 다잡고 선언했다.

"이제부터 누구라도 좋으니 도움을 청할 것이 있으면 주저하지 말고 다 내 방으로 찾아와! 항상 방문을 열어 놓고 있을 테니까!"

와 하고 우레와 같은 함성이 터졌다.

시종 침묵한 채 지켜보고 있던 검노가 그 순간에 누런 이를 드러내고 그의 어깨를 두드리며 나섰다.

"뒤로 미룰 것 없이 그냥 지금 돗자리 깔지?"

장내의 함성이 더욱 커졌다.

"와아아아아……!"

말 그대로 벽이 흔들리고 지붕을 들썩이게 하는 함성이었다.

설무백은 박하게 내칠 수 없었다.

풍잔의 새로운 변혁, 도약의 시간은 그렇듯 우습지도 않게 갑자기 시작되었다.

생각하기에 따라서는 지극히 사소한 변화였다.

설무백은 그동안에도 화사의 경우처럼 알게 모르게 도움을 주고 있었기 때문이다.

그러나 사소한 습관의 변화가 커다란 변화를 몰고 오는 사례를 우리는 너무나 많이 알고 있다.

풍잔의 경우도 그와 같았다.

게다가 비교적 은밀하게, 소위 아는 사람만 알게 도움을 주는 것과 아주 대놓고 도움을 주는 것의 차이는 실로 작지 않았다.

적어도 도움을 청하고 받는 사람의 입장에서는 그랬다.

그게 누구든 자신의 부족한 점은 다른 누구보다도 자기 자신이 가장 잘 알고 있기 때문이다.

지극히 사소한 변화가 더 없이 큰 차이를 만들어 낸다는 말처럼, 그것이 풍잔의 식구들을 빠르게 그리고 크게 성장키며 풍잔의 새로운 변혁과 도약을 주도했던 것이다.

비록 그 덕분에 설무백은 몸살을 앓는 사람처럼 하루하루가 정신없는 시간의 연속이었지만 말이다.

그런데 풍잔이 그렇듯 세상도 그대로 있지 않았다.

빠르게 변하며 새로운 변혁의 시간을 마주했다.

시간이 켜켜이 쌓여 세월이라고 부를 수 있는 일 년가량이 지나서 풍잔이 새로운 겨울을 앞두고 있는 시점의 일이었다.

설무백은 그날도 언제나처럼 풍잔의 일부 요인들이 모인 풍무장에서 도움을 청한 사람을 마주하고 있었다.

그간 줄곧 상황에 따라서 실내인 풍무관과 실외인 풍무장으로 오갔는데, 그날은 풍무장이었고, 대상은 바로 풍사였다.

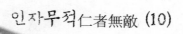
인자무적仁者無敵 (10)

설무백과 풍사는 풍잔의 식구들 중에서도 가장 오랜 시간을 같이했고, 그래서 서로를 가장 잘 안다고 말할 수 있는 관계였다.

　사람과 사람의 관계가 같이한 시간만으로 돈독해지는 것은 아니지만, 적어도 그들은 시간과 비례해서 가까워졌고, 그래서 비무를 위해서 서로가 서로를 마주하고 대치한 순간부터 일절 말이 필요 없었다.

　누구든 마음 놓고 공격해도 좋을 정도로 서로가 서로를 익히 잘 알고 있었기 때문이다.

　다만 엄연히 실력의 차이는 있었다.

　풍잔에서 설무백의 존재는 그야말로 천외천이었다.

풍사는 그동안 비약을 거듭했다고 알려져 있으나, 그런 설무백에 비하면 모자란 감이 다분했고, 당사자도 그것을 익히 잘 알고 있었다.

그러나 지금 서너 장을 격한 설무백의 목젖을 겨누고 있는 풍사의 창끝이, 바로 창대와 창날이 다 검은 일색의 장창인 흑비의 창극이 파르르 떨리고 있는 것은 그 때문이 아니었다.

풍사의 성명절기인 경혼창법(驚魂槍法)은 일장에 달하는 장창을 때로는 강철처럼 곧게 때로는 버드나무가지처럼 낭창낭창하게 활용하는 찌르기와 베기로 적을 도살하는 연창창법이었다.

그리고 내력을 집중하면 어디로 움직일지 상대가 예상할 수 없도록 파르르 떨리는 것이 특징이었다.

바로 그다음이 출수(出手), 공격이었다.

아무래도 상대적으로 약자인 풍사가 먼저 공격에 나선 것이다.

슈슈슈슈슉-!

단지 가리키고 있는 것만으로도 설무백의 목젖을 꿰뚫어 버릴 것 같은 예기를 발산하던 흑비의 창극이 한순간 허공을 직선으로 갈랐다.

불필요한 동작이라고는 하나도 없이 직선의 섬광처럼 설무백의 목젖을 찔러 가는 창격이었다.

설무백은 그 상황에서도 쇄도하는 흑비의 창극을 지그시 바라보며 그대로 서 있었고, 그래서 흑비의 검은 창극이 순간적으로 그의 목젖을 꿰뚫어 버리는 것으로 보였다.

그러나 풍사의 흑비는 멈추어져 있었다.

창극이 설무백의 목젖에서 한치 앞에 떨어친 채로였다.

설무백이 손을 내밀어서 흑비의 창극을 잡아 버린 까닭이었다.

"음!"

풍사가 침음을 흘렸다.

그의 얼굴이 못내 붉게 달아오르고 있었다.

설무백이 그 순간에 손으로 잡고 있던 흑비의 창대를 힘껏 밀어내며 외쳤다.

"다시!"

풍사가 그럼처럼 뒤로 물러나서 본래의 자리로 돌아갔다. 그의 손에 들린 흑비의 창극은 여전히 설무백의 목젖을 겨누고 있었다.

흑비의 창극이 다시금 가볍게 파르르 떨렸다. 그리고 또다시 출수되었다.

슈슈슈슈슉-!

이번에는 앞서의 출수와 다른 변화였다.

직선인가 하는 순간에 흑비의 창극이 수십, 수백 개의 검은 그림자로 화해서 설무백의 전신을 뒤덮었다.

휘두르거나 휘돌리는 것으로 이루어진 변화가 아니었다.

이번에도 직선의 공격이었다.

다만 앞으로 찔러 가는 그 단순한 초식을 한순간에 가공할 속도로 거듭 반복함으로서 수십, 수백 개의 창극을 형상화시키는 공격, 그의 성명절기인 경혼창법의 극의인 풍화천(風花千)이었다.

설무백이 이번에는 감히 경시하지 못하겠다는 옆으로 자리를 옮기며 손을 휘둘렀다.

따당—!

금속성이 터지며 불똥이 튀었다.

뒤를 이어 허공을 가득 메운 수백의 창극이 사라지며 설무백의 왼쪽 어깨를 노리던 흑비의 창극이 튕겨 나갔다.

그는 수백 개의 허초 속에서 정확히 실초를 찾아내서 막아 낸 것이다.

"절(折)!"

풍사의 외침과 함께 물러가던 흑비의 창극이 빠르게 반전해서 가슴으로 거두어지는 설무백의 손목을 노렸다.

설무백은 슬쩍 손목을 틀어서 흑비의 서슬을 피했다.

쉽고 간단해 보이지만 정작 장내에서 지켜보는 사람들 중 백의 하나도 제대로 확인할 수 없이 빠른 손 속이었다.

"파(破)!"

간발의 차이로 허공을 가르고 지나간 흑비의 서슬이 반회전하며 설무백의 어깨 아래 옆구리를 파고들었다.

설무백은 미끄러지듯 뒤로 물러나는 것으로 흑비의 창극이 가진 공격 범위를 벗어났다.

"격(擊)!"

기합처럼 초식명을 외친 풍사의 신형이 기민하게 그를 따라 붙었다. 그와 동시에 뻗어진 흑비의 창극이 수십 개로 변해서 설무백의 전면을 가득 메웠다.

성난 고슴도치의 등처럼 보이는 모습, 처음처럼 거듭되는 찌르기를 설무백의 전면에 집중시키는 초식이었다.

설무백은 움직임을 멈추고 손을 내밀었다.

수십 개로 늘어난 흑비의 창극과 그의 손이 격돌하려는 것처럼 보이는 모습인데, 그런 일은 벌어지지 않았다.

척-!

밋밋한 소음과 함께 설무백의 전면으로 쇄도하던 수십 개의 창극이 하나로 변했다.

그의 손아귀에 창극 바로 아래 창대를 잡힌 하나였다.

설무백은 흑비의 창극과 마주치기 직전, 손톱보다도 더 작고 미세한 생사의 간극(間隙)에서 실초를 확인하며 창대를 움켜잡은 것이다.

잠시 정적이 흐른 뒤, 풍사가 툴툴거렸다.

"남의 무기를 언제까지 그렇게 잡고 있을 겁니까?"

설무백은 어쩐 일인지 풍사의 말을 들은 척도 하지 않고 그대로 흑비의 창대를 잡은 채로 잠시 살펴보다가 뒤늦게 창대를 놓으며 말했다.

"창대 바꾸죠?"

풍사가 눈을 빛냈다.

기실 오늘의 비무는 그의 성명절기인 경혼창법의 허점을 찾아내기 위함이었다.

풍사는 그간 자신의 경혼창법에 무언가 미진한 구석이 있다는 것을 느꼈는데, 정작 자신의 능력으로는 그게 무엇인지 찾아낼 수가 없어서 설무백에게 도움을 청했던 것이다.

"어떤 창대로……?"

"지금보다 흔들림이 적은 거면 어떤 재질이든 다 좋아요."

풍사는 반색했다.

설무백이 이렇게 단정적으로 말할 정도면 그간 그가 초식을 펼칠 때마다 무언가 미진하다고 생각하던 원흉은 틀림없이 창대일 터였다.

"옙! 그럼……?"

기분 좋게 인사를 하던 풍사는 그대로 엉거주춤 서 버렸다.

설무백이 갑자기 그의 인사도 받지 않고 문을 향해 고개를 돌리고 있었다.

풍사가 어째 이상하다 싶어서 고개를 갸웃하는 그 순간, 누군가 다급히 문을 열어젖히며 뛰어 들어왔다.

"주군! 황제께서 붕어(崩御)하셨습니다!"

물에 빠진 생쥐처럼 전신이 땀으로 흠뻑 젖은 모습으로 설무백의 면전에 털썩 엎드려 보고하는 사람은 대나무처럼 바싹 마른 중년 사내였다.

장내의 모두는 뒤늦게 중년 사내의 정체를 알아보았다.

중년 사내가 좀처럼 풍잔을 찾지 않던 하오문의 구룡자 중 하나인 백이문이었다.

"외람된 말씀이나, 황제의 죽음은 이미 예정되어 있었습니다."

풍잔의 취의청이었다.

설무백의 명령으로 긴급하게 소집된 풍잔의 모든 요인들이 일제히 미간을 찌푸렸다.

다들 이게 뭔가 싶은 표정이었다.

설무백의 허락을 받고 나선 하오문의 백이문이 모두에게 황제의 죽음과 그에 따른 전후 사정을 밝힌 이후에 자리에서 일어난 제갈명의 첫마디가 모두를 어리둥절하게 만들어 버린 것이다.

당연했다.

지금 제갈명의 말은 사람이면 누구나 언젠가 죽는다는 식으로 들렸다.

"너무나도 당연한 말이라 오히려 이상하게 들리는군."

검노가 좌중을 대신하듯 의문을 표시하며 덧붙였다.

"설명이 필요할 것 같소, 군사."

정중한 태도였다.

설무백을 제외하면 천하의 그 누구도 눈에 차지 않는다는 식으로 막 대하는 검노도 회의와 같은 공식 석상에서는 지금처럼 예의를 지켰다.

물론 자발적인 행동은 아니었다.

최소한 공적인 자리에서는 예의는 지켜달라는 설무백의 명령이 있었다.

"사람이니까 언젠가 죽을 거라고 생각했다는 게 아닙니다. 최근 드러난 그분의 변화에 따른 저의 추론입니다."

제갈명은 뒤에서 하는 말이라도 황제를 직접 거명하는 건 못하겠는지 그분이라는 호칭으로 대신하고 있었다.

검노가 물었다.

"최근이라면……?"

"지난 일 년여 사이의 변화입니다."

"밝혀 주게. 다들 알아야 하는 일이 아닌가."

"제가 의심하는 것은 세 가지입니다."

제갈명이 망설임 없이 즉시 대답하고는 손가락을 하나씩 꼽으며 설명했다.

"첫째, 황후는 물론 그 어떤 후궁과도 잠자리를 가지지 않았고, 둘째, 이전에는 두주불사(斗酒不辭)였던 분이 술을 끊었으며, 셋째, 이후로 한 번도 사냥에 나서지 않았습니다. 참고로 그분은 사냥이라면 자다가도 벌떡 일어났다는 소문이 자자하지요. 그리고 이 모든 정보는……."

그는 슬쩍 고개를 돌려서 자리에 동석한 하오문의 백이문을 일별하며 말을 이었다.

"……작금의 강호 무림에서 개방 다음으로 뛰어난 정보력을 가졌다고 자부하는 하오문에서 전해 준 것이니, 믿어도 좋습니다."

검노가 크게 떠진 눈으로 제갈명을 보았다.

이건 제갈명의 설명을 수긍하는 것에 그치는 단순한 문제가 아님을 깨달은 것이다.

그렇다.

지금 제갈명이 언급한 세 가지 변화는 하나같이 다 사람이 쉽게 바꿀 수 없는 것들이었고, 그래서 노골적으로 한 가지 상황을 적시하고 있었다.

"설마……?"

제갈명이 검노의 예상을 읽은 듯 의미심장한 미소를 지으며 대답했다.

"설마가 아닙니다. 지금 검노께서 생각하시는 것처럼 제가 언급한 세 가지 변화는 사람이 바뀌지 않고는 절대 나타날 수 없는 변화입니다."

천하의 검노가 절로 마른침을 삼켰다.

그들의 대화에 담긴 내용은 그만큼 엄중했다.

"실로 황제가 가짜였다는 건가?"

제갈명이 인정했다.

"예. 고도의 섭혼술에 당했을 가능성도 다각도로 생각해 보았습니다만, 그보다는 사망했을 가능성이 매우 높다는 결론입니다."

"음!"

검노가 단호한 제갈명의 대답에 절로 침음을 흘리며 설무백을 바라보았다.

설무백이 속을 모르게 무심하고 무표정한 눈빛으로 그의 시선을 마주했다.

검노가 쩝쩝 입맛을 다시며 물었다.

"아시고 계셨소?"

설무백은 태연히 고개를 저었다.

"아니요. 지금 처음 듣는 얘기입니다."

검노가 의외라는 표정으로 물었다.

"하면, 군사의 판단을 어떻게 생각하시오?"

"저도 같은 생각입니다."

설무백은 추호도 망설임 없이 제갈명의 추론을 지지했다.

그리고 자신의 대답이 미진하다고 생각했는지 곧바로 좌중을 둘러보며 설명을 덧붙였다.

"세살 버릇이 여든까지 간다는 말이 있지 않습니까. 하물며 이건 버릇이 아니라 성품과도 관계되어 있습니다. 막말로 말해서 술과 여자, 사냥이 다 그렇지요. 사람의 성품이 그리 하루아침에 바뀔 수는 없습니다. 그것도 자신이 무슨 짓을 해도 절대 막을 사람이 없는 자리에 앉아 있는 사람이라면 더욱더 그렇지요."

설무백의 대답을 들은 검노가 과연 그렇다는 듯 힘주어 고개를 끄덕였다.

좌중의 의견도 검노와 같았다.

다들 수긍하는 기색으로 그다음 사태를 생각하는 듯 심각하게 굳어져 있었다.

검노가 입에 담기도 껄끄럽다는 듯 조심스럽게 물었다.

"하면 진짜 황제는……?"

"이미 죽었다고 봐야겠지요. 정확한 시기를 파악하긴 어렵지만, 성품이 변한 그때 이미 돌아가신 게 아닌가 싶습니다."

설무백은 확신에 찬 목소리로 한마디 더했다.

"이번에 그분의 죽음을 알린 것은 아무래도 더 이상 감출 수 없게 되었기 때문이라는 것이 저의 생각입니다."

말을 끝맺은 설무백은 슬쩍 제갈명에게 시선을 돌렸다.

어서 회의를 계속 진행하라는 눈빛이었다.

제갈명이 기다렸다는 듯 고개를 끄덕이며 설무백의 말을 이어 나갔다.

"저도 주군의 생각과 같습니다. 배후가 누군지는 몰라도 이제 더는 감출 수가 없게 되자 어쩔 수 없이 그분의 죽음을 공표했을 겁니다. 직접적인 이유는 일 년에 한 번씩 천군의 수장들인 칠공신과 가지는 회합일 가능성이 매우 높고 말입니다."

황제는 그간 무슨 일이 있어도 따로 지정한 모처에서 일 년에 한 번은 천군의 수장들인 칠공신과의 회합을 가졌다.

그런데 황제는 벌써 칠공신과의 회합을 한 번 뒤로 미루었고, 이제 두 번째 회합을 앞두고 있었다.

칠공신과의 회합을 한 번은 몰라도 두 번씩이나 미룬다는 것은 누가 생각해 봐도 실로 가당치 않은 일이었다.

하지만 그렇다고 그냥 무작정 회합을 가질 수도 없었을 터였다.

천군의 칠공신이 가진 능력을 감안할 때, 본색이 드러날 것이 너무나도 불을 보듯 뻔하기 때문이다.

즉, 가짜 황제는, 보다 정확히는 가짜 황제의 배후는 어쩔수 없이 황제의 죽음을 밝힐 수밖에 없었다는 것이 제갈명과 설무백의 공통된 추론이었다.

장내의 모두가 제갈명의 추론을 수긍했다.

천군의 칠공신은 하나같이 내로라하는 절대 고수들로 알려져 있었다.

강호 무림에서도 인정하는 대내무반의 최고수인 금군대교두(禁軍大敎頭) 공손벽(公孫)이 바로 그들의 제자라고 하니, 그에 대해서는 누구라도 재고의 여지가 없을 터였다.

결국 천하의 그 어떤 변체환용술의 대가도 그런 고수들의 눈을 속이기란 불가능에 가깝다고 판단한 가짜 황제의 배후가 제갈명의 말마따나 어쩔 수 없이 황제의 죽음을 공표했다는 것이 작금의 사태인 것이다.

짝―!

제갈명이 새삼스럽게 손뼉을 쳐서 주위를 환기시키며 말했다.

"그럼 지금부터 작금의 상황에서 우리 풍잔이 해야 할 일을 말씀드리겠습니다. 이는 저만의 생각이 아니라 주군도 동의한 일이니만큼, 다들 각별히 유념해서 따라 주시기 바랍니다."

취의청의 모두가 당연한 일이라는 듯이 고개를 끄덕였다.

설무백이 동의한 일이라는데 감히 어느 누가 고개를 저을 수 있을 것인가.

제갈명이 좌중의 반응을 확인하다가 문득 아차 하는 표정을 짓고는 말했다.

"아, 우선 이것부터 먼저 말씀드려야겠네요. 앞으로 중원의 무림은 지금보다 더 어지럽고 혼란스러워질 겁니다. 정권유지에 총력을 기울일 황궁이 민초들의 치안유지도 어려운 마당에 평소 도적 떼와 다름없다며 선을 긋는 강호 무림의 일에 신경 쓸 겨를은 눈곱만큼도 없을 테니까요."

이번에도 장내의 모두가 묵묵히 고개를 끄덕이는 것으로 수긍했다.

사실 따로 언급할 가치도 없이 당연한 말이었다.

평소 제아무리 황궁의 일에 관심을 끊고 사는 그들도 그 정도는 알고 있었다.

황제는, 바로 이제 취의청의 모두가 죽은 것으로 인정한 황제는 그동안 정권 유지를 위한 황권 강화라는 명목아래 어마어마하고 무시무시한 숙청을 자행했다.

단순히 자신의 적이었거나, 자신을 반대하던 무리를 발본색원(拔本塞源)해서 처단하는 것만이 아니라, 자신을 도와서 싸웠던 공신들도 온갖 핑계를 대면서까지 일족을 모조리 멸해 버리는 대규모 숙청을 자행했고, 하다못해 자신의 일족인 황자들마저 차례대로 번왕(藩王 : 변방의 왕)으로 봉해 버렸다.

저마다 각 지역의 군권을 포함한 통치권을 준다는 명목을 내세워서 경사 밖으로 내몰아 버린 것인데, 황태자와 황태손으로 이어지는 황상의 자리에 위협이 될 만한 싹을 애초에 제거해 버린 것이다.

그래서였다.

제갈명의 장담은 그와 같은 배경에 기인했다.

황상에 위협이 될 만한 요인을 모조리 제거하고 또는 억압하던 황제가 죽었고, 차기 황제는 아직 어렸다.

크든 작든 일개 지역의 군사력을 가진 번왕들이, 바로 차기 황제의 숙부들이 과연 작금의 상황을 그냥 멀거니 보고만 있을 거라고 기대하기는 어려웠다.

절대 그럴 리 없었다.

아무리 어려도 일찍이 황상의 교육을 받은 차기 황제는 누구보다도 그와 같은 사실을 잘 알고 있을 터이고, 그래서 그에 대한 대비를 하기 위해서라도 향후 황궁은 황상의 자리를 지키는 것 이외의 일에는 전혀 손을 쓸 수 없을 것이었다.

"황제에게는 무려 스물여섯 명의 황자가 있습니다. 그것은 차기 황제를 도와줄 숙부가 스물여섯 명이라는 소리가 아닙니다. 황상의 자리를 노리는 정적이 스물여섯 명이나 된다는 소리입니다. 게다가 그들은 모두 크든 작든 자신들만의 군사를 거느리고 있습니다. 그리고 무엇보다도 북평의 호랑이 연왕이 그중의 한 사람입니다."

번왕들은 거의 모두가 다 차기 황제의 자리를 위협하는 화근이지만, 그중에서도 북평의 연왕은 가장 크고 위험한 경계 대상이었다.

연왕은 일찍부터 최북방 지역에서 몽골족 침입을 막는 전장을 지키며 막강한 무인으로 성장해서 가히 번왕들 중에서도 가장 뛰어난 능력을 가진 인물이며, 강장 밑에 약졸 없다는 말처럼 예하의 병사들도 그와 다르지 않기 때문이다.

"굳이 부연하자면, 차기 황제가 벌써 어머니인 마황후의 재가(裁可)까지 받아서 연왕을 위시한 몇몇 번왕들에게 어장(御葬)에 참가지 말라는 칙령을 보냈다고 합니다."

제갈명은 설명 끝에 장담했다.

"중원 무림은 이미 다시없을 혼란의 시기를 예약해 놓은 셈인 것이지요."

좌중의 시선이 일시지간 설무백에 돌려졌다.

설무백이 그간 심심치 않게 언급하던 것이 바로 강호 무림이 뒤집어진다는 환란의 시기였기 때문이다.

다들 그저 바라볼 뿐, 그 누구도 선뜻 나서지 못하는 침묵의 시간 속에서 검노가 물꼬를 텄다.

"주군께서 전에 늘 말씀하시던 그 시기가 도래하는 건가요?"

설무백은 있는 그대로 솔직하게 대답했다.

"그럴 수도 있고, 아닐 수도 있습니다. 제가 예상한 환란의 시대는 이런 식이 아니라서 말입니다."

실로 그랬다.

설무백의 기억 속에 있는 환란의 시대는 이런 식으로 스미듯 서서히 오지 않았다.

맑은 하늘에서 날벼락이 치듯 전격적으로 도래해서 피바람을 일으켰다.

"아닐 수도 있다는 말이군요."

"같은 값이면 맞을 수도 있다는 소리로 듣는 것이 더 나을 겁니다."

"어째서 그렇소이까?"

"미리 대비해서 나쁠 것은 없으니까요."

"아……!"

검노가 의외로 쉬운 답에 절로 수긍했다.

복잡한 심경을 드러내던 좌중의 모두가 그와 같은 마음인지 묵묵히 고개를 끄덕이고 있었다.

제갈명이 그 틈에 나서서 샛길로 빠진 이야기를 바로잡았다.

"그래서 이제부터 우리 풍잔의 식구들이 해야 할 것은 바로 침묵과 자숙입니다. 어렵겠지만, 일체유심조(一切唯心造)의 각오로 일신우일신(日新又日新)의 기회로 삼으라는 겁니다."

취의청이 술렁거렸다.

제갈명에게 대체 그게 무슨 허무맹랑하고 황당무계한 소리냐는 좌중의 눈초리가 쏟아지고 있었다.

당연한 반응이었다.

오랜만에 풍잔의 모든 요인들이 집결한 까닭에 다들 무언가 대단하고 파격적인 결정이 내려질 것이라고 기대하고 있었다.

지난 일 년여 간 다들 하나같이 피나는 수련의 시간을 보냈기에 더욱 그랬다.

지금의 그들은 일 년 전의 그들과 또 다른 사람으로 변했으니까.

그런데 대체 이게 뭔가?

대단히 파격적인 결정은커녕 절로 맥이 빠지도록 허망한 결정이 아닌가?

"아니, 그게 무슨······?"

제갈명은 장내의 술렁거림을 외면하며 고개를 돌리는 것으로 좌중의 시선을 설무백에게 이끌었다.

"물론 제가 아니라 주군의 말입니다."

잔뜩 의혹을 품은 좌중의 모든 시선이 썰물처럼 일제히 설무백에게 돌려졌다.

"왜냐고요?"

설무백은 좌중의 눈빛에 담긴 의문을 자기 입으로 언급하며 다시금 자기 입으로 냉정하게 대답했다.

"아까도 잠시 언급했다시피 이게 정말 내가 예상하는 환란의 시대인지 아닌지 확신할 수가 없으니까요."

그래서 불만이냐는 식의 말이었다.

취의청이 식은땀 나는 침묵에 빠져 버렸다.

설무백이 이런 식의 무대보로 자신의 예지력 혹은 예견(豫見)을 앞세우고 나서면 실로 누구도 상대할 재간이 없다는 것을 적어도 지금 취의청에 모인 풍잔의 요인들은 경험을 통해서 익히 잘 알고 있었기 때문이다.

약간의 시간이 흐른 뒤.

"큼!"

예충이 헛기침을 하고는 고양이 목에 방울을 달려고 나서는 쥐처럼 눈치를 보며 어렵사리 질문했다.

"언제까지 그래야 하는 것인지……?"

"그야 나도 모르죠."

설무백은 몰염치하게 보일 정도로 천연덕스럽게 어깨를 으쓱이고는 무뢰배처럼 뻔뻔스럽게 말을 덧붙였다.

"그래서 말인데, 아무래도 내가 좀 나가 봐야겠어요."

예충이 얼떨떨한 기색을 드러냈다.

"예? 어디를……?"

"어디긴 어디예요, 강호 무림이죠!"

설무백은 자못 힘주어 대답하고는 아무렇지도 않게 자리를 털고 일어났다.

"일단 한번 둘러보고 나면 무언가 답이 나올 것 같아요. 그리 길게 걸리지는 않을 테니, 다른 걱정은 마시고요."

"걱정은 무슨…… 그보다 지금요?"

"예. 무슨 문제 있어요?"

예충을 쳐다보고 다시 좌중을 둘러보는 설무백의 눈빛에는 이미 마음을 먹었으니 누구도 간섭하지 말라는 단호한 결의가 엿보였다.

예충을 비롯한 취의청의 그 누구도 그런 그의 의지를 꺾을 수 있는 사람은 없었다.

설무백의 강호행이 그렇게 결정되었다.

강호 무림이 무림맹과 천사교, 흑도천상회의 삼파전으로 바뀐 지 일 년 만의 일이었다.

다음 권으로 이어집니다

꿈의 도약, 로크에서 하십시오
(주)로크미디어에서 신인 작가를 모십니다

즐거운 세상, 로크미디어는 꿈을 사랑하고 도전을 두려워하지 않는 작가 분들의 참신한 작품을 기다리고 있습니다. 21세기 장르 문학계를 이끌어 갈 차세대 선두 주자 (주)로크미디어에서 여러분의 나래를 활짝 펴 보시길 바랍니다.

모집 분야 판타지와 무협을 포함한 장르 문학
모집 대상 아마추어 작가, 인터넷 작가
모집 기한 수시 모집

작품 접수 시 유의 사항

1. 파일명은 작가명_작품명.hwp형식을 갖춰 주십시오.
1. 파일에 들어갈 내용은 다음과 같습니다.
   - 성명(필명인 경우 실명을 밝혀 주세요), 연락처, 이메일 주소
   - 제목, 기획 의도
   - A4용지 1장 분량의 등장인물 소개
   - A4용지 2장 분량의 전체 줄거리
   - 본문
1. 작품이 인터넷에 연재되고 있다면, 게시판명과 사이트의 구체적이고 정확한 주소를 기재해 주십시오.

선택된 작품은 정식 계약 후 출판물로 간행되어 전국 서점에 유통됩니다.
작가 분은 (주)로크미디어의 전폭적인 지원하에 전속 작가로 활동하시게 됩니다.
※ 자세한 내용은 로크미디어 홈페이지(rokmedia.com)를 참조하세요.

(03920)서울시 마포구 성암로 330 DMC첨단산업센터 3층 318호
(주)로크미디어 편집부 신간 기획 담당자 앞
전화 : 02) 3273 - 5135
www.rokmedia.com   이메일 : rokmedia@empas.com